CUATRO VERANOS

BENITO TAIBO

CUATRO VERANOS

Planeta

Bajo el sello editorial PLANETA M.R.
Avenida Presidente Masarik núm. 111,
Piso 2, Polanco V Sección, Miguel Hidalgo
C.P. 11560, Ciudad de México
www.planetadelibros.com.mx

Primera edición en formato epub: octubre de 2023
ISBN: 978-607-39-0760-6

Primera edición impresa en México: octubre de 2023
Segunda reimpresión en México: septiembre de 2024
ISBN: 978-607-39-0632-6

Impreso en los talleres de Diversidad Gráfica S.A. de C.V
Privada de Av. 11 No. 1 Col. El Vergel, Iztapalapa,
C.P 09890, Ciudad de México
Impreso y hecho en México – *Printed and made in Mexico*

Todo lo que sucede en este libro es real,
excepto lo que no lo es.

Es para Mely, por supuesto.

Y para aquellos que rozaron mi vida
o se instalaron en ella para siempre.

Verano del 76

La Paz, Baja California Sur, México

Por ti me estoy volviendo loco de celos,
se vuelven contra mí mis anhelos,
se vuelven contra mí.

ÓSCAR CHÁVEZ

Abro los ojos y miro alrededor.

No estoy en mi habitación, en mi casa. Hay un aparato de aire acondicionado en lo alto del cuarto pintado de color *beige*, con una cenefa blanca de madera que lo circunda.

El aparato ronronea con suavidad y lanza una corriente de aire casi fría que no logra mitigar el bochorno que lucha por controlar el espacio.

Por un instante no sé dónde estoy. Hay una cómoda en la que están cuatro libros que de inmediato reconozco como míos, una silla con mi mochila *beige* de batalla, mis tenis blancos en el suelo, mi pantalón de mezclilla mal doblado sobre la cómoda; en resumen: todo es mío. La cama individual tiene una cabecera de madera y percibo en seguida que las sábanas y la almohada son nuevas, huelen a nuevo, tienen esa mínima aspereza característica de la fábrica que se quita a los pocos días de uso o después de un par de lavadas.

Estoy sudando, sobre todo del cuello y del pecho. Me levanto y veo que la luz del día entra por un resquicio de la cortina oscura. Miro el reloj de pulsera negro Timex con correa de plástico y aparentemente sumergible que está en la mesita de noche. Las siete, que confío, sean de la mañana.

—La Paz —digo en voz baja.

No es una metáfora. Estoy en La Paz, Baja California Sur.

Abro la cortina con suavidad y el sol me deslumbra. Allí, frente a mí, en todo su esplendor, está el mar intensamente azul que veo por segunda vez. A los doce años estuve aquí, con mis padres, otro verano maravilloso donde aprendí a pescar y a comer lo pescado, cuando leí *El viejo y el mar* y lloré ante el esqueleto del enorme pez que, aunque hubiera ganado, había perdido la batalla.

Contengo la respiración y dejo que el paisaje me llene los ojos; un involuntario suspiro sale de mi boca. Un suspiro de asombro y de sorpresa.

Estoy inmóvil, pero al poco rato abro la ventana y el calor entra como un animal enfurecido arrasando con todo. Sonrío. «Así es la vida en los jodidos trópicos», pienso, y de mi boca sale ese susurro convertido en palabras. La cita original es «*Such is life in the fucking tropics*», que no sé quién la dijo, ni cuándo, pero prefiero mil veces en español, mi idioma.

Poco ruido en el malecón que está allí abajo, a mis pies. Pasan un par de autos, una pareja tomada de la mano; ella con una falda de vuelos color turquesa y él con guayabera blanca, un vendedor de diarios. Y luego, más allá, el horizonte. Un barco muy lejos, un barco grande; puede ser un petrolero. No hay arena donde debería estar la playa. El agua se mueve rítmica y suavemente y lame el hormigón del malecón que de inmediato se convierte en calle.

Es un sueño, algo que, sin duda, soñaría con gusto. Un poco de brisa caliente se me enreda en el pelo. Tengo dieciséis años y un largo verano por delante.

Veo por un solo instante algo en el mar a media bahía, parece un chorro de agua o espuma lanzada al aire.

Fijo la vista. El resplandor del sol pega de lleno sobre el mar, creando reflejos y aparente movimiento. Eso, lo que algunos llaman un espejismo, como los que contó alguna vez Lawrence de Arabia.

Momentos después lo vuelvo a ver. Entrecierro los ojos para intentar enfocar. Ya uso lentes, pero están en la mesita de noche, no me los pongo para no perder un instante de lo que observo.

Momentos después, un poco más lejos, a la derecha, veo que del agua sobresale una masa gris de grandes proporciones.

—¡Una ballena! —grito dentro de mi cabeza. Miro alrededor para ver si hay alguien con quien compartir el portento, pero estoy solo. Bueno, están la ballena y el barco allá, que sigue avanzando como si nada, inmutable ante el milagro.

Vengo de una ciudad inmensa y sin ballenas. Las piernas se me doblan de la emoción, me apoyo en el alféizar de la ventana mientras respiro agitadamente.

Vuelve a saltar. Corro por los lentes y me los pongo de prisa.

Recuerdo *Moby Dick* y la emoción de los vigías que gritan desaforados y señalan a un punto lejano.

—«Llamadme Ismael» —digo, y sonrío con la broma que nadie escucha, la primera línea del texto de Melville.

Yo mismo apunto hacia donde la vi saltar la última vez, pero no grito. Me tiemblan la mano y el índice que apunta a algún sitio indeterminado en la bahía.

Ha desaparecido. Espero unos minutos en vano. Me siento en la cama con esa sonrisa bobalicona de los que por primera vez ven un prodigio y que saben, a ciencia cierta, que nadie les creerá nunca por más que lo juren y lo perjuren.

Tocan suavemente a mi puerta. Me miro el cuerpo por si tengo que cubrirme; tengo puesta una camiseta y el pantalón del pijama.

—Adelante —respondo al toquido.

Se asoma la cabellera rubia de Mary.

—Buenos días, Benitín —dice. Me llama como lo hace mi madre que también se llama Mary. Las dos son asturianas y comparten un desaforado amor por la comida, la amistad y los diminutivos.

—Buenos días. Vi una ballena por la ventana —le digo en un susurro, con la voz renqueante y todavía emocionada ante el milagro. Como esperando que me crea.

Se ríe un poco con esa risa tan suya y que todavía hoy reverbera en mis oídos. Asiente con la cabeza.

—La de las siete de la mañana —dice y suelta una carcajada—. Vamos a desayunar.

Asiento con la cabeza. Ella cierra mi puerta. Es mi primer amanecer en La Paz siendo adolescente, esto promete. Y además mi casera tiene sentido del humor; doblemente bueno.

No debería decir que La Paz era un pueblo, pero era un pueblo. Un pueblo con un mar bellísimo. Un pueblo grande con ganas de ser una ciudad.

Un malecón blanco, salpicado con muy pocas edificaciones de dos pisos, entre ellas el Hotel La Perla y también el edificio que me hospeda, un minúsculo barrio chino, una placita central, un hemiciclo para su único héroe revolucionario, un sol constante en un cielo sin nubes, arenas blancas que casi entraban a la calle en algunos sitios y un adolescente citadino y rebelde de dieciséis años que no tenía ni la menor idea de qué carajos hacer con su vida.

Ese adolescente era yo. Me recuerdo desgarbado, con muchos kilos menos de los que hoy uso, con unos inseparables y malolientes tenis blancos, una mochila con libros, el pelo ensortijado y una mirada llena con la posibilidad de la sorpresa.

Iba a pasar allí el verano en casa de Mary y Manolo, dueños de una joyería que era al mismo tiempo una tienda de importaciones sin impuestos, pues La Paz era puerto libre y el comercio con China y todo el Pacífico era abundante y constante. Eran amigos de mis padres, asturianos generosos con dos hijos: Marisol, unos años mayor que yo, y Manolo, como su padre, de mi edad.

La tienda se llamaba Curios Mary y, aún hoy, conserva el mismo nombre; de entrada el nombre me hizo sonreír porque yo también era una curiosidad, sin duda. Así que me encontraba en el lugar correcto. La casa estaba encima de la tienda, en una esquina que da al mar. Una curiosidad adolescente dentro de una tienda de curiosidades no sonaba mal, sonaba a destino manifiesto.

Me recogieron en el aeropuerto y al traspasar la puerta del avión, una bofetada de calor húmedo me dejó un instante sin respiración. Un calor que no recordaba. Entrecerré los ojos ante el poderoso sol y me dispuse a enfrentar mi destino.

Baja California Sur había dejado de ser «territorio» tan sólo dos años antes para convertirse en un estado más de la República Mexicana. Y los sudcalifornianos estaban muy orgullosos de ello. Yo había aprendido en la secundaria que México estaba compuesto por «veintiocho estados, dos territorios y un Distrito Federal». Y ahora tendría que desaprenderlo: veintinueve estados, un territorio (Quintana Roo) y un Distrito Federal, pues.

A mi nueva familia la conocía muy poco, de alguna multitudinaria y escandalosa fiesta asturiana, con sidra y fabada, y de un par de comidas en el viaje anterior en la magnífica terraza del Hotel La Perla, también de asturianos; así que no sabía qué esperar, pero tenía claro que habría comida más que abundante y cariño irrestricto, el cariño de la cofradía de los que tuvieron que dejar su patria y hacerse de una nueva en otro sitio. Y confianza, también confianza.

Ella, Mary, rubia y sonriente, me plantó dos besos en cuanto salí de la terminal; él, más serio y con un puro apagado en la boca, sólo me dio un abrazo recio y franco. Estaba en casa.

—¿Te gusta el pescado? —preguntó Mary en el coche, con esa voz tan suya, un poco ronca, mientras yo veía el espléndido desierto por la ventana del auto, nopales, saguaros, órganos, mezquites, arena muy blanca del desierto que en ocasiones se mezclaba con la arena muy blanca de la playa.

—¡Mucho! —respondí sin dudar.

—Menos mal —contestó él, socarrón—. ¡Te vas a hartar!

Encantado comeré pescado durante casi todos los días de mi estancia.

Bajé del auto frente a la casa con mi mochila en ristre, donde tenía escondidas algunas cajetillas de Delicados con filtro, libros y una libreta; y la maleta pequeña, azul, con mi ropa.

Mis padres habían decidido mandarme a este dorado exilio para ver si, de alguna manera, comenzaba a sentar cabeza; yo era pésimo estudiante pero buen lector, sólo uno más de todos los adolescentes del mundo que no se encontraban a gusto dentro de su cabeza ni su cuerpo.

Yo quería ser escritor, pero no sujetarme a la disciplina que la profesión entrañaba. Demasiadas horas frente a una máquina de escribir cuando en el mundo, a mi alrededor, estaban pasando cosas interesantísimas que seguro me perdería por estar encerrado en una habitación con mis enloquecidos pensamientos. Ya escribía algunos poemas muy malos y muy cursis, y me quedaba claro que, para poder encontrar mi voz, primero tendría que leer las otras muchas voces que estaban allí, esperando para sorprenderme. «Un escritor es sólo un lector que da un salto de fe hacia el vacío», decía mi padre, y cada día lo compruebo más y más.

La poesía era una constante en mi casa. A la menor provocación, mis padres soltaban largas parrafadas en voz alta con reverberaciones del Siglo de Oro, de la Generación del 27, de otros poetas nuevos que los sorprendían y a los que admiraban, y eso era un deleite. Los ecos de esas voces, viejas y nuevas, vivían en los rincones de mi casa y te asaltaban cuando menos lo esperabas.

Si Garcilaso volviera,
yo sería su escudero;
que buen caballero era.
Mi traje de marinero

se trocaría en guerrera
ante el brillar de su acero;
que buen caballero era.
¡Qué dulce oírle, guerrero,
al borde de su estribera!
En la mano, mi sombrero;
que buen caballero era.

Decía Rafael Alberti, en boca de mi madre, a la distancia, mientras yo me empeñaba en mojar un trozo de pan en los huevos fritos del desayuno.

Diría que fui escudero de Garcilaso, sin duda, porque llegar a ser Garcilaso era una tarea titánica y yo estaba demasiado ocupado luchando contra los granos en la cara y el olor fétido que emanaban mis pies porque se negaban a salir de los tenis de mis amores; más, por supuesto, el encandilamiento constante por las chicas que estaban a mi lado y que muy poco caso me hacían y en las cuales invertía en vano mucho de mi tiempo.

Tenía que decidir a qué preparatoria ir y la verdad es que estaba completamente confundido.

Así que La Paz, sus cielos y mares azules, su desierto magnífico, los peces que saltarían del agua hasta mi plato, su tranquilidad, deberían, en apariencia, darme un poco de serenidad, senda, rumbo, destino. Pero no estaba seguro. Quería fumar, beber, enamorarme lo más rápido posible.

Vivir, según yo.

Y allí estaba, en La Paz, esperando un rayo que saliera de una nube inexistente e iluminara providencialmente mi camino.

Sentado en la mesa del antecomedor de la casa de Mary y Manolo, todavía con la ballena llenándome los ojos, vi al otro lado de la mesa a Manolo chico, que tenía dieciséis como yo, pero era más atlético, más fornido, más bronceado y más alto que yo y al cual, asturianamente, llamaban *Manolín*. La manía irredenta de los diminutivos.

Me gruñó a modo de bienvenida. Yo le sonreí porque no necesitaba adquirir un enemigo en los primeros minutos del verano.

Un *Benitín* y un *Manolín* sentados en lados contrarios de la mesa mirándose con toda la desconfianza de los dieciséis años y de dos lugares distintos donde las cosas, por supuesto, se tendrían que ver, invariablemente, de maneras distintas.

—¿Qué vais a hacer hoy? —preguntó Mary en voz alta, pero dirigiéndose a su hijo.

Estábamos de vacaciones, era verano. Ni Manolo ni yo teníamos que estudiar y yo ya imaginaba francachelas, cervezas heladas y amigos, pero sobre todo amigas por descubrir.

Manolín gruñó a modo de respuesta.

«Genial», pensé, «este muchacho no me quiere en su vida, que ya está hecha y en la cual, obviamente, sobro por más hijo de la amiga de su madre que sea. Un pinche chilango».

Y la madre atacó sin piedad.

—Vi que Benitín trajo libros, a ver si te presta alguno y así comienzas a leer de una puñetera vez.

Gracias, querida. Más motivos para el odio. Serían las vacaciones más solitarias de mi vida, con el enemigo enfrente. No me pegué un manotazo en la frente de milagro. Sólo bajé la cabeza esperando...

Gruñó otra vez.

La guerra y la paz.

Qué rápido soy para la metáfora instantánea, pero facilona. Lo confieso: tenía que pulir mis habilidades con el tiempo.

—Puedo ir a pasear y conocer un poco —dije con voz encantadora.

—No —contestó el jovencito que me miraba fijamente desde el otro lado del *ring*—. Vamos a pescar —sentenció.

—¡Venga! Consigan unas jaibas —dijo el padre levantando la vista del periódico.

¡Unas jaibas! Yo sólo las había visto de cerca en el Mercado de San Juan; seres mitológicos y acorazados, armados con filosas tenazas. ¿Cómo chingaos se pescan jaibas?

—Claro —dije—. Jaibas. ¿Cuántas? —Y confié en que no se notara en lo más mínimo el tonito sarcástico, pero por fortuna todavía no me conocían bien.

—Por lo menos dos por cabeza. Ocho —contestó Manolo Padre haciendo matemática y rebuscándose en la guayabera unos cerillos para encender un puro enorme y cubano que enarbolaba, como una espada, en la mano izquierda.

Y ya no dije nada, pero pensé que necesitaríamos por lo menos una semana para lograr tal proeza. De a jaiba por día.

Me fui a la habitación y después de lavarme los dientes me puse el pantalón de mezclilla y una camiseta limpia, guardé los cigarros en la bolsa trasera y me planté en la sala.

Manolín ya estaba allí, con un sedal en la mano, una bolsita con cuatro camarones crudos, otra bolsa de yute y un par de anzuelos triples que yo no había visto nunca en la vida. Llevaba shorts y una camisa abierta y desteñida.

Me miró de arriba abajo y negó con la cabeza.

—Traje de baño —ordenó. Era de pocas y contundentes palabras.

Me cambié y al poco ya estábamos los dos en la calle. En cuanto dimos una docena de pasos saqué un cigarrillo y lo encendí.

—¿Fumas?

—Sí, pero te pido que no le digas a tus padres, por favor.

Enseguida caí en cuenta de que yo no sólo era un pinche chilango, sino, además, un imbécil: acababa de confiar un secreto que podría traerme graves consecuencias. Dándole armas al adversario, le dicen.

—Allá tú —dijo crípticamente, como si fuera un viejo médico que hubiera visto morir a muchos congéneres por cáncer de pulmón y que se había rendido ante la evidencia de la estupidez humana.

Caminamos unos doscientos pasos por el malecón bajo un sol de justicia, hasta un pequeño muelle de concreto que avanzaba unos veinte metros sobre el mar. Y yo sin una gorra; sentí como si mi cabeza estuviera ardiendo y se pudieran freír allí un par de huevos. Apenas era el primer día.

Manolo sí tenía gorra, claro. Yo me quité la camiseta y me la puse en la cabeza, no estoy seguro si parecía un árabe o una monja, pero funcionaba. Manolo puso el anzuelo triple en el sedal, un trocito de camarón y lo lanzó al agua transparente. Un minuto después una jaiba enorme estaba ya sobre la plancha de concreto. Fue increíble. Pude ver, gracias a la transparencia del agua, cómo en cuanto la jaiba se acercó a la presa, Manolo dio un tirón enérgico y el animal fue enganchado por el anzuelo. Un acto de magia.

Metió al animal en la bolsa vacía y le hizo un nudo.

—Te toca —me dijo dándome el sedal.

Lo intenté imitar. Las dos primeras veces perdí el trozo de camarón por ponerlo mal y las otras tres, las jaibas vecinas se lo comieron gustosas.

—¡Dame! —Y puso la mano con la palma abierta frente a mí.

Ni para qué discutir.

En una hora teníamos (tenía) las ocho jaibas prometidas. Yo sólo fungí como un pinche chilango espectador que parecía más monja que árabe y que estaba asombrado hasta el paroxismo.

Él, un verdadero depredador. Y yo, mareado. El sol, seguro. Deshidratación, seguro.

Caminamos de vuelta a casa y depositó su carga viva en el fregadero de la cocina.

—Pescamos —le dijo a su madre con sorna.

—¡Padrísimo! —agregué con no menos sorna.

Me bebí litro y medio de agua y me fui a la habitación a recostarme. Yo era el viejo de Hemingway después de la lucha encarnizada con el inmenso pez, o así me sentía por lo menos. Me miré en el espejo del baño, era un camarón cocido. En breve entró Mary con una crema en las manos que me embadurnó sin decir agua va.

—El sol es traicionero aquí. Tienes que cuidarte, *fiu*. —La manera asturiana de decir hijo.

—Ya. Lo haré.

Me quedé dormido hasta la hora de la comida.

Las jaibas estaban espectaculares y además me pusieron un plato enorme de pargo frito con ensalada y papas que sabía a gloria. Rematamos con helado de coco.

El adversario me miraba desde el otro lado de la mesa con una sonrisa socarrona entre los labios.

Mi primer día en el paraíso.

No cené. Era un náufrago en la mítica isla desierta. Sentí que alguien se asomó a la habitación un par de veces. Creo que una de ellas fue *Manolín*. Supongo que todos estaban preocupados por el pinche chilango con quemaduras de tercer grado, por lo menos.

A la mañana siguiente me asomé por la ventana al filo de las siete, pero la ballena de esa hora no pasó. Supongo que debía estar ocupada en otros menesteres o que, como buena mexicana, el horario le valía madres. Ya no me ardía tanto la cara ni la cabeza. Y ni siquiera había puesto un pie en el mar.

Me senté a desayunar. *Manolín* me sonreía, supongo que con cierta culpa, aunque no la tuviera. Incluso se dirigió un par de veces a mí, con amabilidad, para preguntarme qué quería hacer. Pescar jaibas no era una opción. Quería meterme al mar.

—Entonces vamos a Coromuel —dijo.

Sonoro y bonito nombre para una playa.

Tomamos un autobús en la puerta de la casa y en quince minutos ya estábamos allí. El agua tibia y transparente, gaviotas, peces pasando por entre las piernas, una bandada de pelícanos. La arena blanca y suave, palapas con chicas sonrientes que servían cervezas a gringos tan rojos como yo mismo. Puros lugares comunes, pero sin duda muy poco comunes para un muchacho de ciudad como yo, que sólo veía peces en peceras iluminadas con neón.

Pero esta vez iba preparado; camiseta y medio kilo de crema en el cuerpo. Y una gorra astrada y roja que anunciaba un taller mecánico de las inmediaciones que me prestó Manolo padre.

Fui feliz.

Al salir del agua, después de media hora de bracear, hundirme, mirar el horizonte, me esperaba *Manolín* sentado en la arena.

Me dejé caer a su lado.

—Gracias —dije.

—¿De qué?

—Por traerme.

—Nada. Empecemos de nuevo. Soy *Manolín.* —Y me tendió la mano.

—*Benitín* —respondí, estrechándosela.

Soltó una sonora carcajada y de detrás suyo sacó dos cervezas. Me ofreció una.

—¿Bebes? —pregunté imitándolo. Y él asintió con la cabeza—. Allá tú —rematé. Y allí nos reímos los dos a coro.

Creo que cambió cuando se dio cuenta que yo tan sólo estaba de paso, que al final del verano sería un recuerdo y él podría regresar a su vida normal y depredar el mar a gusto y sin testigos incómodos.

—¿Qué quieres estudiar? —dije por decir algo.

—Odontología o medicina.

—Pufff.

—¿Y tú?

—No lo sé. Sociología, antropología, historia, letras.

—Tendrás que escoger.

—Letras.

—Y tú, ¿tienes amigos o eres el llanero solitario?

—Tengo, pero no tan raros como tú. ¿Qué es eso de *El corto verano de la anarquía*?

—Viste mis libros. Es una biografía de Durruti, el líder anarquista español, escrito por Hans Magnus Enzensberger, un verdadero genio. Tu familia es socialista, ¿no?

—Sí. Como la tuya. Si no, no estarías aquí.

—En cuanto lo termine te lo paso.

—Vale.

Y nos quedamos viendo el mar y a las muchachas en traje de baño chapoteando en la orilla. El segundo día en el paraíso pintaba mejor, ya casi tenía un amigo.

Los siguientes días fueron de descubrimientos. El barrio chino, que no era un barrio sino tan sólo un par de cuadras, me enloqueció. Allí vi por primera vez la famosa Pomada del Tigre y me compré un frasco que abría por las noches y aspiraba sus efluvios a mentol que expandían mis pulmones. Servía para todo, torceduras, gripas, golpes, pero no para quemaduras de sol, me quedó muy claro inmediatamente, y eso que sólo me eché un poquito en un brazo, pero me ardió por días. La Pomada del Tigre me acompaña desde entonces y siempre la llevo conmigo. Y desde entonces jamás la pongo ni en quemaduras ni en partes extremadamente sensibles del cuerpo (y eso fue pura deducción).

Y lo mejor: puestas en perfectas hileras en casi todas la tiendas que tenían detrás del mostrador a un chino verdadero o falso, estaban las zapatillas negras chinas de tela iguales a las que usaba Bruce Lee. Dos pares por treinta pesos de entonces. Una ganga.

Por fin dejé los tenis descansar. Los lavé a conciencia con un cepillo de cerdas duras y los dejé en la azotea, bajo el penetrante sol de La Paz, a ver si se les quitaba el olor que me seguía a todas partes como una maldición de novela del siglo XIX, seguramente de Edgar Allan Poe.

Con las zapatillas de Bruce ya era invencible, aunque no pudiera pescar jaibas con destreza. El mundo entero se enteraría de lo que era capaz.

El mínimo barrio chino de La Paz era una caja de maravillas, un gabinete de curiosidades, una extensión del Galeón de Manila que se desplegaba ante mis codiciosos ojos. Comí allí mi primer *chop suey* y me enamoré irremediablemente de la salsa de ostiones y del pato pequinés.

Volví muchas veces. Una de ellas a comprar un tocadiscos portátil que venía dentro de una muy moderna caja de color rojo. Y de inmediato a comprar los dos primeros discos que tuve en mi vida, de 45 RPM. Chiquitos pero sustanciosos. Óscar Chávez cantando «Por ti» y Terry Jacks con sus «*Seasons in the Sun*», muy acorde al verano que vivía.

Confieso que los oía a todas horas, sobre todo mientras miraba el mar por la ventana intentando ver a la mítica ballena que me dio la bienvenida en mi primer día, sin lograrlo.

Con Manolo hice una sólida y curiosa amistad. Él me enseñaba el mundo en el que vivía, que incluía delicias extrañas como la machaca de mantarraya en tortilla de harina, los atardeceres del desierto, un refresco espectacular de manzana cuyo nombre perdí en el cajón de la desmemoria y ver las maravillas que había en el mar, como, por ejemplo, poder recoger con cubeta en mano, caminando largo sin que el agua nos cubriera, las almejas chocolatas que se escondían en la arena de Pichilingue y que todavía siento en el paladar con su toque de limón y salsa Búfalo. Yo le conté de mis sueños y mis ambiciones: ser un escritor en una familia de escritores podría ser un estigma, una maldición, un presagio, un destino manifiesto. Por el momento lo que anhelaba más que nada era nadar en esas aguas magníficas y cristalinas, comer jaibas y pargos en cantidades industriales, leer, escuchar música, fumar, evitar las quemaduras de sol, beber las cervezas que se pudiera a escondidas y, de ser posible, enamorarme.

Enamorarme…

Las chicas que había dejado atrás, en la ciudad enorme en la que vivía, eran de muchas maneras inalcanzables. Las que me gustaban, mucho, estaban demasiado ocupadas suspirando por los altos jugadores de basquetbol que había en mi escuela y no me miraban ni de soslayo.

Enamorarse, y ser correspondido, claro, era una meta que por lo pronto parecía imposible.

Manolo me presentó a algunos de sus amigos, a los que se habían quedado en La Paz a pasar el verano. Con ellos jugué futbol y descubrí que las zapatillas de Bruce no servían para dichos menesteres, así que tuve que volver a los tenis, por lo menos para jugar, que a los dos días olían otra vez a demonios, el famoso «olor delator».

Y no marqué un solo gol en todas las veces que fui titular (y lo fui sólo porque así lográbamos tener equipo completo). Tuve un esguince salvador que me impidió seguir haciendo el ridículo y que traté con la Pomada del Tigre, que como ya dije sirve para todo. La sigo usando hoy, tantos años después, y cada vez que puedo la compro en memoria de esos luminosos días. Tengo un cajón lleno de pomadas y me faltarán vidas para poder usarlas todas, pero no puedo resistir la tentación ni la nostalgia.

Y entonces, súbitamente, sin alevosía ni ventaja, Manolo me presentó a Claudia, hermana de su amigo Toño, pertenecientes ambos a la alta sociedad paceña. Fue en una heladería, mientras probábamos la nieve de lima. Tenía un apellido largo y vasco, y su familia había llegado hasta el territorio a finales del siglo XVIII a hacer fortuna, lográndolo en tan sólo un par de generaciones.

Trigueña, de dieciséis años como yo, con nariz afilada y largas piernas que podías ver a doscientos metros y sin lentes, pelo negro y quebrado, ojos de color oliva: Claudia se convirtió en ese instante en el motivo de mis nuevos e inventados desvelos.

Como todos los paceños se comía a veces la letra final de las palabras, sobre todo las eses; «pue» por pues, «vamo» por vamos, y yo estaba encantado. Llevaba mis inseparables zapatillas Bruce Lee todoterreno y ella sonrió en cuanto las vio. Seguro encontró en mí al inocente chilango turista que se deslumbra con las zapatillas chinas, y que, ahora pensándolo, durante mi estancia jamás vi a nadie que las usara, ni siquiera a los chinos del supuesto barrio chino; a lo mejor eran sólo zapatillas para andar por casa y no servían ni para caminar ni, por supuesto, jugar ningún deporte.

—Me gustan —dijo señalándome los pies.

Me puse tan rojo como el primer día de mi viaje, pero por motivos diferentes. Yo era raro y ésa era mi virtud, contra todo pronóstico. Encendí un cigarrillo y vi cómo le brillaron los ojos verdosos.

Le puse la cajetilla enfrente, como marinero que ha recorrido el mundo entero y que lo ha visto todo y todo lo ha vivido.

—¿Quieres probar? —pregunté, aparentemente muy seguro de mí mismo.

Manolo movió la cabeza de lado a lado.

Y ella, sin una pizca de timidez, sacó uno y se lo puso en la boca, no sin antes mirar a todos lados para evitar probables soplones.

Todo desapareció alrededor, deshaciéndose como un hielo en el desierto (otro lugar común, ni modo), La Paz era Casablanca, ella Bergman y yo Bogart (con zapatillas chinas).

Se lo encendí y aspiró profundamente, pero casi escupió un bronquio con el ataque de tos mezclado con carcajadas que a mí me parecieron espectaculares. La mejor tos de todos los tiempos.

Y caí, en ese instante, irremediablemente enamorado.

«Por ti, yo dejé de pensar en el mar, por ti, yo dejé de fijarme en el cielo…», cantaba Óscar Chávez a todo pulmón en el baño, desde el tocadiscos rojo puesto precariamente sobre la tapa del excusado, mientras yo berreaba intentando acompañarlo desde la regadera.

Cuando bajé a desayunar, Mary, socarrona, me miró, adivinándolo todo.

—Pensé que estaban matando un gato —dijo mientras freía huevos en aceite de oliva.

—Lo intenté, sin éxito —respondí.

Manolo padre levantó la vista del periódico.

—De que sufrió, sufrió. —Y volvió a la lectura. Era, sin duda, todo un personaje.

Estaba en casa, en familia, con el mismo sentido del humor que la mía.

—Creo que necesito unos tenis nuevos. Jubilaré éstos —dije a volapié.

Mis padres me habían dado dinero suficiente como para comprar bastantes cosas, que hasta ese momento se materializaban en cervezas, cigarros, zapatillas y tocadiscos.

—Te llevo al centro —respondió Mary levantándose de la mesa y enarbolando la servilleta como en una zarzuela.

El «centro» estaba a tres cuadras. Y fuimos, por supuesto, caminando.

—¿No fumas demasiado? —preguntó con cariño al dar la vuelta a una esquina.

—No tanto —aclaré señalando una tienda y literalmente empujándola hacia ella para que olvidara el tema.

Allí, frente a mis ojos, estaban unos Converse negros en el aparador, por arriba del tobillo, de suelas blancas y relucientes; de inmediato me prendé de ellos como un niño con un caramelo rojo.

Eran los mismos que usaban algunos, sino es que todos los jugadores de la NBA. Debían costar una fortuna. Metí la mano a la bolsa para contar los dólares que estaban en la cartera. Los tenis valían cuarenta. Los mismos que yo tenía en ese momento. Una reserva estratégica estaba con los libros. No lo dudé un instante.

Me los probé y en ese momento supe que estaban hechos para mí, en Tailandia, según rezaba la etiqueta.

Fui con ellos hasta la caja, poniéndolos en mi pecho como si de una reliquia del Santo Sepulcro se tratara. No me los fueran a arrebatar, a pesar de que la zapatería estaba vacía.

—Ya están *pagado* —dijo la pequeña dependienta, comiéndose la ese final, como correspondía.

Miré a Mary que ya estaba en la puerta con una sonrisa de oreja a oreja.

Me acerqué.

—Aquí tengo el dinero. —Y saqué los billetes, tendiéndoselos.

—Es un regalo. Pero tiene condición, Benitín.

—La que sea —respondí sin dudar.

—Fuma menos.

—Vale. —Y le di el beso en la mejilla más sonoro y salivoso del que se tenga memoria en la historia reciente de la muy reciente historia del estado de Baja California Sur.

La Paz estaba llena de maravillosas sorpresas.

En la escala evolutiva de cosas para ponerse en los pies, yo había avanzado cuánticamente. De las zapatillas de Bruce a los tenis de Chuck Taylor, del Pleistoceno a la llegada a la luna. Así que me los puse muy orondo, con mi pantalón de mezclilla, una camisa, y salí a dar mi primera caminata espacial.

En cuanto Claudia me vio, frente a la nevería, me revisó de pies a cabeza y, con los ojos muy abiertos, exclamó:

—¡Un cholo!

—¿Un qué? —respondí. No tenía ni idea de a qué se refería.

—Un cholo es un pandillero latino en los Estados Unidos que usa esos tenis —dijo convencida señalándome los pies.

Y yo que creía que eran de basquetbolista.

—¿Los odias? ¿Los tenis?

—No, no, sólo digo —respondió un poco avergonzada.

Chale. Yo que me veía en la duela encestando de a tres puntos y resulta que más bien parezco uno más de algún barrio de Los Ángeles. Me faltaba un tatuaje y una navaja de resorte para adaptar por completo el estereotipo.

—¿Prefieres los de Bruce?

Y ella, bajando la cabeza, en un susurro dijo:

—Te prefiero a ti, hasta descalzo.

Y entonces el mundo se iluminó de golpe, con una luz inmensa. Y me quedé callado, como un muro de roca impenetrable. No supe qué decir ni qué hacer sobre el pavimiento caliente con un imbécil helado de lima derritiéndose bajo el sol, dejándome la mano pringosa hasta la ignominia.

Claudia tenía mi edad y un buen gusto insuperable. Le gustaba, por lo dicho, un chilango-cholo-chino que había llegado hasta su territorio y al cual se le había vuelto de cemento la lengua.

Ella dio media vuelta y se fue caminando lentamente.

Yo tuve que entrar a la nevería a quitarme la azucarada mezcla de lima que me había embarrado en la mano bajo litros de agua tibia que salían del lavabo. Y luego, corrí con el alma agridulce hasta la casa, a hacer lo que mejor sabía hacer: leer.

Leer para encontrar respuestas, para ahuyentar a los demonios, para buscar palabras que expresaran lo que sentía; leer para olvidar que era un reverendo pendejo que se había quedado callado como una piedra en uno de los momentos más gloriosos de su corta vida. Leer para...

Leer.

Helena o el mar del verano de Julián Ayesta. Ése era el libro que papá, con su buen tino de siempre, había puesto entre mis camisetas; como si presintiera que en algún momento lo iba a necesitar, que serían las palabras de su amigo Julián las que iban a sacarme del pozo en el que estaba sumergido, con el lodo a punto de entrar en mis narices y aniquilarme.

Un libro pequeño que, al hojearlo, pensé que era de cuentos, aunque rápidamente descubrí que era mucho más que eso: una novela corta o un relato largo, un ensalmo contra la mala fortuna, un poderoso amuleto para mantener viva la memoria, un bálsamo contra las heridas.

Me acosté bajo la brisa fresca que entraba por la ventana de mi habitación y lo leí de una sentada, que más bien fue una acostada, casi sin respirar, mirando de vez en cuando al mar que quería entrar a mi cuarto.

El mar del verano. *Claudia o el mar del verano.*

Y estaba allí, el innegable prodigio de la prosa sencilla, mágica, reverberante, que contaba mi historia, la historia de un adolescente que se enamora perdidamente de una Helena en un verano exactamente igual al mío, lleno de descubrimientos y sorpresas. Un libro con olor a tortillas de patata y con muy asturianos diminutivos como los que yo oía sin cesar en mis dos casas, en el DF y también en La Paz, BCS.

Un libro que se quedó pegado a mi corazón para siempre de los *siempres.*

No salí de casa. Volví a leer el libro hasta que el cansancio me venció y el mar del verano que estaba allá afuera, la brisa tibia y los ojos de Claudia se metieron en mis sueños. Y me vi, alado y victorioso, con un ramo de flores entre las manos tocando a la puerta de Claudia, con unos tenis de cholo en los pies y las rodillas temblándome a muchos grados Richter, oscilatoriamente.

Pero sólo era sueño. Tendría que sacar valor de algún sitio inesperado para que eso que estaba en mi cabeza sucediera en la realidad.

En el desayuno, con el corazón palpitando y la lengua

de trapo, pregunté a Mary, con el mejor tono de adolescente distraído que pude:

—¿Y dónde venden flores en La Paz? —Intentando que sonara a «¿Y dónde se come un buen ceviche?», o «¿Dónde está la farmacia más cercana?».

Manolín, el cabrón, pegó un grito y dio un par de palmadas sobre la mesa que sonaron en toda la casa.

—¡Ya cayó el chilango! —gritó a voz en cuello.

Volteé, tirándole puñales con la mirada.

—No sé de qué hablas, *Manolín* —y dije *Manolín* con toda la rabia concentrada del mundo.

Él estuvo a punto de levantarse e ir por mí; me hubiera matado de un solo puñetazo.

Su padre bajó el periódico.

—¡Qué coño pasa!

Y contó su hijo sobre Claudia y los helados y la cara de imbécil que yo ponía cada vez que ella estaba cerca.

—Claudia, ¿la hija de los vascos? Es muy mona —dijo Manolo padre, sin esperar respuesta y volviendo al periódico.

Yo debía de estar rojo, una vez más y no por los efectos del sol, me ardían las orejas. ¿A quién se le ocurre preguntar lo de las flores en mitad del desayuno para que a la hora de la comida ya lo supiera media ciudad? A mí, chilango incauto y pendejo.

Mary se me acercó y al oído me dio el dato. No era lejos. Me levanté. Di las gracias. Me puse una camisa decente (la única decente, como diría mi madre) y me fui caminando hacia la florería. Y allí con doña Espe compré un ramo de doce espectaculares y fragantes rosas rojas.

Muy decidido, encaminé mis pasos hacia la casa de Claudia; no más de veinte cuadras, una nimiedad para alguien con unos tenis como los que portaba y acostumbrado a las distancias de una de las ciudades más grandes del mundo, la mía.

Pero…

El calor del desierto, combinado con la humedad del mar, hacen de las suyas, y no es necesario ser meteorólogo para saberlo, basta con ser una rata de ciudad que comienza a sentir cómo las suelas de los tenis se hacen de chicle y las rosas se van muriendo, como en una película animada, justo frente a sus ojos.

Me detuve en una tienda donde vendían ropa de mujer. Cuatro rosas ya no servían para nada; las tiré al bote de la basura. Me quedé un buen rato bajo el aire acondicionado, subiendo las ocho que quedaban por encima de mi cabeza para ver si el frío operaba una suerte de milagro. Pero otras dos murieron bajo el vendaval.

Una joven dependienta me miraba con lástima.

—¿Puedo hacer algo por ti? —preguntó muy amablemente.

—¿Un taxi? —dije con los rastrojos de voz que me quedaban ante la inminencia del desastre.

Sonrió, como sólo puede sonreír alguien que guarda un secreto terrible y está a punto de contárselo al mundo entero.

—Eres de la ciudad de México, ¿verdad?

—¿Se me nota?

—Sí —contestó tajante. —Nadie en La Paz camina con flores a la una de la tarde sin un paraguas por lo menos, y los taxis no se piden por teléfono como allá. Hay que ir a buscarlos. —Ella no se comía las eses. Una emigrante, como yo, tal vez chilanga, como yo.

Me quedaban diez cuadras y seis rosas. Sabía la dirección de memoria, aunque nunca había estado allí. Ella la dijo un día, casi sin querer, y se quedó grabada en mi cabeza. Y tenía, por supuesto, la voluntad de un aspirante a enamorado con dieciséis años y unas ganas inmensas de ser correspondido.

Le hice un guiño a la chica de la tienda y salí con la poca dignidad que me quedaba y la camisa decente ensopada de sudor. *Don Chilango de la Mancha* en busca de Dulcinea.

Compré un periódico en la esquina y envolví las rosas como si del mítico cofre del tesoro se tratara.

Apreté el paso. Los marchistas mexicanos tienen fama en el mundo y no sería yo el que los pusiera en ridículo. Con el pulso latiéndome en las sienes, el sol haciendo estragos y el pavimento humeante frente a mis ojos en plan espejismo del desierto, llegué a la esquina de la casa de Claudia.

Y me quedé paralizado. Mesmerizado, como diría mi tío abuelo. Inmóvil, como diría mi madre. Súbitamente apendejado, como diría yo mismo.

La casa de una sola planta tenía al frente un jardín rodeado por una coqueta valla blanca de madera y el número con dos dígitos azules y brillantes sobre el buzón *beige* para el correo, de esos que se ven en las películas. Y, por supuesto, dos enormes rosales tupidos de flores rojas y fragantes.

Miré las mías. De las seis que yo tenía, sólo cuatro seguían en condiciones más o menos decentes. Como los perritos de la canción infantil, iba perdiendo una a una, a cada paso que daba.

¿Por qué demonios no le compré un perfume en la tienda de Mary? Quien además me habría dado un descuentazo.

Estaba a punto de llorar y me di la vuelta, dispuesto a perder la batalla antes de darla.

Y de golpe y porrazo tenía allí a Claudia con una bolsa de papel estraza en la mano que imaginé contenía pan.

—Hola —dijo.

—Estoy seguro que te gustan las rosas —solté, poniéndoselas en la cara como si fuera un mensajero de Hacienda; con esa delicadeza, quiero decir.

—Sí, me gustan. —Y las tomó esbozando una sonrisa inmensa que yo no merecía.

—Eran doce y se fueron muriendo por el camino —me disculpé.

—No pasa nada.

—Pero ya vi que tienes muchas; no te faltarán. —Y señalé con la cabeza hacia su puerta.

—La vecina tiene muchas. Yo, éstas cuatro, que me encantan. —Y me dio un sonoro beso en la mejilla.

De inmediato pensé que, si hubiera llegado con las doce, a lo mejor hubiera sido en la boca.

—¿Quieres pasar? —Apuntó con el mentón a la casa que estaba junto a la de las rosas y que tenía una jardinera inmensa con lavanda y romero.

—No, gracias. Sólo vine a ver si quieres ir al cine el viernes. Estrenan *Tiburón.* —No quise entrar porque estaba sudado y hecho un desastre y no quería que me vieran sus padres, todo eso.

—¡Claro! —respondió sin dudar. —Pero, según yo, estaban agotados todos los boletos.

—Magia chilanga —expliqué, sacando los dos boletos de la bolsa trasera del pantalón.

Era, ese estreno, el evento más esperado del año y había bofetadas para conseguir lugares para la primera función de las siete de la tarde. Lo que ella no sabía era que el dueño del cine era amigo de Mary y habitual comprador de perfumes en su tienda. Fue cosa fácil. Y lo mejor es que fueron gratis.

Claudia me dio otro beso en la mejilla. Mejilla sudada como el resto de mi maltrecha humanidad.

En ese momento apareció su madre, bajita, con un vestido blanco de vuelos y zapatos de tacón del mismo color; con una cara de pocos amigos que no olvidaré jamás en mi vida.

—¿No me vas a presentar? —le dijo a su hija mientras me barría con la vista de arriba abajo.

—Benito Taibo. —Me adelanté, poniendo mi mano abierta frente a ella en señal de paz. En La Paz.

Me la estrechó suavemente como se toma un pez recién salido del mar, con precaución y una cierta dosis de asco. También tenía yo la mano sudada, claro. Sacó un pañuelito de su bolsa y lo más discretamente posible mientras hablaba, se secó.

—¿Eres hijo de Paco y Mary?

—Sí.

—¿Y quieres ser escritor como tu padre?

—No. Patinador en hielo. —Me arrepentí instantáneamente del chistecito.

Claudia bufó como se bufa cuando impides que te salga la carcajada. O las ballenas al pasar por en medio de tu campo de visión.

Yo estaba haciendo méritos, pero estaba quedando mal con la posible suegra. Chilango imbécil.

La mujer se dio la media vuelta mascullando «Buenas tardes» y se metió taconeando a su casa.

—Mamá no tiene sentido del humor.

—Y yo me pasé. Lo siento —y se lo estaba diciendo en serio.

Momento incómodo. Y el sol me seguía dando una paliza. Claudia comenzó a mirar hacia ese cielo inmaculado y azul.

—¿Lloverá? —pregunté tan sólo para romper el silencio.

—A menos que creas en milagros.

—Perdóname. No quise tirarle mala onda a tu mamá.

—No pasa nada. Siempre quise ir al cine con un patinador de hielo. —Y volvió a sonreír, justo como yo esperaba.

Sin más, arrancó hasta su casa y yo no me moví, agradecido por mi buena suerte hasta que cerró la puerta a sus espaldas.

En ese instante corrí hasta la tienda, a tres calles, y me bebí de golpe dos refrescos de manzana helados. La cabeza me picaba, las suelas de los tenis amenazaban con derretirse y mi retorcido sentido del humor se escondió en lo más profundo de la cabeza, como un perro con la cola entre las patas después de haber sido sorprendido cagando en la alfombra de la sala.

—¿Encontraste la florería? —preguntó Mary al sentirme entrar a la cocina mientras revolvía con una pala de madera un guiso de calamares en su tinta, que olía a todo lo bueno y sabio que puede haber en el mundo.

—La encontré —respondí de forma lacónica.

—¿Y no se te jodieron las flores en el camino? Por el sol, digo.

—Eso se dice antes, no después.

—Se jodieron...

—Sí, se jodieron, pero vamos a ir al cine. Conocí a su mamá.

—Una pesada de siete suelas —dijo volteando a verme, guiñando un ojo y esperando mi complicidad, que no tardó en llegar, por medio de una carcajada de por lo menos seis suelas.

Los calamares en su tinta con arroz fueron lo más parecido a la gloria. Y *Manolín*, desde el otro lado de la mesa, no dejaba de mirarme inquisitivamente sin decir una sola palabra, gruñía tan bien como sabía hacerlo. Terminamos la comida con un helado de coco; ayudé a lavar los platos y en cuanto pude subí a la azotea a fumar. Desde allí la vista era maravillosa: el mar, el malecón, la ciudad, el cielo. En cuanto encendí el cigarrillo, escuché a mis espaldas la voz inconfundible de *Manolín*.

—*¡Óoorale, güey!* —Me estaba imitando. Alargando las palabras a lo chilango.

—¿Qué pasó, *pue*? —contraataqué.

—¿Le llevaste flores a Claudia?

—A estas alturas ya lo debe saber hasta el presidente municipal.

No tenía cara de buenos amigos.

—No, él no. Anda de gira. Pero lo sé yo y todos mis amigos.

—¿Y? —respondí dándole la última calada a mi cigarro.

—Y nos hiciste quedar «de la chingada», como tú dices.

—No entiendo, mano. —Intenté ponerle una mano en el hombro amistosamente, pero se zafó como un gato al que quieres meter a bañar por la fuerza.

—Tooooodas nuestras novias ya lo saben.

—¿De qué me estoy perdiendo? No entiendo.

—Y ahora tooodas esperan lo mismo que ya tuvo Claudia. ¡Pinches flores!

Y me reí.

Error enorme.

Me dio un puñetazo en el estómago que me sacó el aire y me hizo caer de nalgas contra el suelo. Intentando respirar con la boca, recordé (la memoria juega sucio, siempre) que por un golpe similar había muerto Harry Houdini, el mejor ilusionista y escapista de todos los tiempos.

Se dio media vuelta y se marchó, mientras yo intentaba recomponerme.

El pinche chilango les estaba dando una lección a los rudos y jóvenes paceños que no se habían acercado a una flor en su vida. Por supuesto jamás fue mi intención ganar una pandilla completa de enemigos, pero en el fondo me daba un gusto enorme.

Me levanté tocándome la boca del estómago y encendí otro cigarrillo en memoria de Houdini. Tendría que apelar a él para salir bien librado dc la camisa de fuerza en la que me había metido sin saberlo. Y me reí solo del mal chiste que acababa de hacer en mi cabeza.

Estuve un rato en la azotea viendo el mar por si aparecía alguna ballena a deshoras y acabé bajando con precaución para evitar otro golpe.

Me encontró Mary en un pasillo con un montón de toallas limpias en las manos.

—¿Y *Manolín*? —pregunté.

—Dijo que iba al campo de beis.

—Vale. Lo alcanzo.

Fui a mi habitación y tomé el ejemplar de *El corto verano de la anarquía* y con una pluma azul se lo dediqué a *Manolín*.

«Para Manolo, una flor de mi jardín. En son de paz».

Y lo puse en la almohada de su cama.

No iba a pasar el resto del verano escondido intentando no ser masacrado por una turba de novios despechados.

Por otro lado, estaba por convertirme en una leyenda entre las novias de los novios despechados.

Los dos siguientes días fueron eternos, aderezados por una monotonía empalagosa que hacía que los minutos transcurrieran con una lentitud desesperante. Ni siquiera leer, mi refugio y mi hogar, era un consuelo; la ansiedad por el evento cinematográfico que me esperaba, y con ello la posibilidad de los ojos de Claudia, la boca de Claudia, el cabello de Claudia, las largas piernas de Claudia, hacían que las letras se bambolearan como una barcaza minúscula y desvencijada en medio de un mar embravecido.

Manolín había recibido el libro con gusto. Era un poco salvaje, pero un buen salvaje, como los que contaba Rousseau. Olvidó muy rápido la ofensa y volvió a ser el amigo que había conseguido.

Al final del desayuno, al estar solos en el antecomedor, levantó la vista del plato de huevos motuleños y me miró directamente a los ojos.

—¿Cuántas? —disparó a media voz.

—¿Cuántas qué?

—Flores, güey. ¿Cuántas flores hay que regalarle a una novia?

Y estuve a punto de hacerle la mala obra, pero el buen salvaje que también vive dentro de mí se contuvo.

—Depende de la novia. Una novia de mucho tiempo merece por lo menos una docena. Una novia de poco tiempo se conforma con seis; una novia muy reciente sería feliz con una sola. Cuidado con el pinche sol. Compra el doble y tendrás la mitad al llegar a su casa.

«Que por lo menos sirva de algo mi experiencia previa», pensé.

Gruñó, asintiendo. Concediendo, fumando la pipa de la paz.

—¿Rojas o blancas?

—Depende del amor. Muy rojas mucho amor, muy blancas menos, o más timidez. —Resultaba que me había vuelto un experto florista instantáneo. Yo que era la primera vez en mi vida que regalaba algo a una chica. En una de ésas tenía futuro en ese ramo (otro mal chiste que afortunadamente nadie escuchó, porque no lo dije).

—¿Y cómo se llama?

—¿Quién?

—La que recibirá las flores.

Y *Manolín* se puso rojo. Rojo subido, rojo escarlata.

Entró Mary y lo miró como si de un fantasma se tratara.

—¿Todo bien?, ¿de qué hablaban?

Manolín tartamudeó y yo salí al quite.

—De jaibas. Hoy tocan, ¿no?

—Tocan —dijo Mary, y salió del antecomedor.

—Gracias. —Manolo bajó la cabeza como un samurái y se quedó en silencio.

«Los amorosos callan. El amor es el silencio más fino, el más tembloroso, el más insoportable», dijo Jaime Sabines. Y tenía razón.

Dos horas después estábamos sobre el pequeño muelle depredando jaibas. Y, aunque tú no lo creas, saqué una grande. Me estaba volviendo un paceño pro.

Manolo aplaudió; un par de palmadas tan sólo, pero a mí me pareció la ovación de un público maravillado en el Metropolitan Opera House después de una presentación de *Aída*. Entonces hice una breve caravana con la jaiba entre las manos, que con sus enormes tenazas intentaba liberarse. Tal vez fue ése uno de los momentos más gloriosos de mi vida.

Y luego, en casa, me la comí entera, chupando hasta el último gramo de carne del rojo y magnífico caparazón; mientras, agradecí al mar por su regalo.

Así se pasó un poco más rápido el día. Estaba a tan sólo cuarenta y ocho horas de enfrentar mi destino manifiesto.

Me puse a leer en la terraza, y de repente entró Manolo con una tromba.

—¡Vamos! —ordenó.

Y sin preguntar me puse las zapatillas chinas y salí detrás de él. Comenzamos a caminar rápidamente por el malecón. Yo lo seguía con cierto esfuerzo.

A lo lejos, donde empezaba la playa y terminaba el hormigón, se encontraban un pequeño tumulto y una patrulla con las luces encendidas.

—¿Qué pasa? —dije jadeando.

—Un muerto.

Era un suceso, que como otros acontecimientos hacía, sin dudar, que las cosas perdieran la modorra habitual del puerto y volviera de golpe y porrazo la vida y el asombro.

El muerto era balanceado por las pequeñas olas como si estuviera en una hamaca. Estaba boca abajo. Era, fue, gordo y moreno. Todos lo miraban y nadie se metía al agua para sacarlo.

Estábamos allí unas cincuenta personas haciendo conjeturas aventuradas que se amontonaban unas sobre otras.

¡EsRamón!,lomataronporandarmetidoencosassucias. No,no,eselhijodeChole.UnpescadordeCoromuel.¿Noeseltaxistadelacalle4?ElvendedordedulcesdelaiglesiadelaSoledad. Elcarnicero.UnprimodeMariela.Llevamuchoahímetido,senota,hayquellamaraunmédico.¿Paraquésiyaestámuerto?Mejoraunc ura.

Dos policías, morenos y flacos, uno cacarizo, con sus gorras azules encasquetadas, estaban un poco detrás de la masa compacta que miraba hacia las olas y al cuerpo que se mecía con suavidad y que de vez en cuando parecía que quedaría encallado en la arena.

Ante la inacción, yo que puedo resistir todo, excepto la tentación, como decía Oscar Wilde, me acerqué a ellos.

—¿No lo van a sacar? —pregunté al más alto y que parecía ser también el jefe.

—¡No, pue! Hay que esperar al forense.

—Ademá traemo uniforme nuevo —recalcó el cacarizo haciendo un gesto con las palmas abiertas y mostrándome sus pantalones impecables.

Los miré con la más reprobatoria de las miradas que me permitían mis dieciséis cortos años y, sin dudarlo, los dos se miraron, se quitaron las botas negras de kilométricas agujetas y se arremangaron sus pantalones nuevos con una cara de resignación que daba vergüenza. Entraron, entonces, al agua como si entraran a la erupción del Vesubio.

Cada uno cogió al muerto de un brazo y lo arrastraron hasta la arena. Luego, el cacarizo, con un pie y con evidente asco, le dio la vuelta.

No era un gordo como yo pensé, estaba hinchado como un sapo. Con la piel quebradiza y verdosa. No tenía ojos. Dos agujeros negros y profundos bajo las cejas pobladas.

—Se los comieron las jaibas —dijo una mujer de mandil floreado con una canasta de mimbre en el brazo llena de melones.

Yo inmediatamente pensé en la que me había comido tan sólo un rato antes; que pudo haber sido la misma que se había dado un festín la noche anterior.

Y vomité a los pies de la señora. Fue una vomitada sonora y escandalosa, precedida por una arcada que parecía salir de la boca de un animal herido. Ella saltó hacia atrás, gritando como si hubiese visto al diablo mismo.

La muchedumbre me miró en un abrumador silencio, muy parecido a la espada de Damocles, mientras todos daban un par de pasos hacia atrás, aunque estuvieran muy lejos de mí. Cincuenta caras de asco viendo mis pies.

Pasaron unos cuantos segundos que me parecieron una eternidad, solamente rotos por la voz de *Manolín*, más grave que nunca.

—Es que es chilango —dijo disculpándome.

Y un «ahhh» aprobatorio y comprensivo salió de muchas bocas mientras otras cuantas cabezas asentían.

La pequeña masa humana se movió hacia el otro lado del cadáver, como si de una coreografía de *ballet* se tratara, dejándome solo con mi vomitada y mi vergüenza.

He soñado con ese cuerpo tumefacto e hinchado muchas veces, dejándome constancia y certeza acerca de la fragilidad de la vida y, sobre todo, la impresión profunda de la terrible cara de la muerte. Como una grabado de Durero en lo más profundo de mi mente.

No he vuelto a comer jaibas desde entonces.

Mucho después llegó el forense en una *pick up* roja y con la ayuda de los policías subieron el cuerpo a la caja con la delicadeza con la que se sube un fardo, un costal de frijoles, un refrigerador descompuesto.

Nadie reconoció bien a bien al cadáver. Algunos argumentaban que no era de por allí, que lo habían venido a tirar, que la marea lo trajo desde lejos, que se trató de un ajuste de cuentas, de un asesinato por despecho, de un borracho que se había pasado de cucharadas y que decidió retar a las olas, de un infarto, de un vendedor de drogas, de un asesinato de la mafia china. Y yo pensé que era la mafia china más pequeña del mundo, pero por lo visto poderosa y terrible.

Muchas conjeturas y ninguna era verdadera.

Al poco se fueron dispersando, volviendo cada uno a sus encargos y a sus menesteres. Mirándome de reojo, algunos compadecidos por mi estómago débil y otros, sobre todo los niños, señalando a mis pies reprobatoria y jocosamente.

Nos quedamos Manolo, la vomitada y yo solos frente al mar que inmutable seguía haciendo su trabajo y dejando que las olas vinieran a lamer suavemente la arena cada doce segundos.

A punto de irnos, vi algo en el agua; puse la mano como visera sobre los ojos, enfocando, y un sombrero de palma se dibujó entre la espuma: el muerto no sólo había perdido la vida.

Tardé un rato en recomponerme. Manolo me invitó un agua de coco maravillosa, salida de un vitrolero lleno de hielo y trozos de la fruta en un puesto atendido por una mujer bizca y simpática que lo conocía bien.

—¡Qué oso! —dijo después de dos largos tragos.

—Una manada de osos —respondí con el popote entre los labios—. Es mi primer muerto —confesé—. ¿Tú has visto muchos?

—De vez en cuando aparecen en la playa. Todos sin ojos —soltó Manolo de manera malévola.

«La naturaleza es cruel, pero ella no sabe que lo es, porque la crueldad es una formulación humana producto de la pasión y se mide con una vara que sólo se encuentra dentro de nosotros», pensé en seguida. Nadábamos en un mar de muertos todos los días.

La vida es así, luminosa y oscura. Y no hay nada que se pueda hacer al respecto.

Caminamos rumbo a casa lentamente, buscando la sombra de los escasos árboles y las construcciones para que el chilango de estómago débil no cayera desfallecido en el intento.

Esa tarde lo escribí; no sólo para recordarlo, sino intentando conjurar a los demonios. Dicen que cuando cuentas tus sueños éstos no se cumplen. Intenté por medio de las palabras que lo visto por la mañana, traspasado al papel, no volviera a pasar frente a mí nunca más.

Desde entonces he visto muchos muertos, pero ese cadáver hinchado hamacándose en las olas me acompañará por siempre, como una marca indeleble. Esa noche llamaron mis padres por teléfono, ese sexto sentido que tiene la sangre. Oí la voz de mi mamá, familiar y firme como siempre.

—¿Cómo vas, Benitín?

—Muy bien. Aprendí a pescar, y hoy apareció un muerto en la playa.

—¡Coño! ¿Tuviste algo que ver?

Y lancé una carcajada nerviosa. Que mi madre pensara que había intervenido en el suceso hablaba de su escasa confianza en mi sentido común.

—Sí, pero tengo coartada —respondí.

—Eres un imbécil. No hagas ninguna barbaridad por favor.

—Haré mi mejor esfuerzo, pero no prometo nada.

—Cuídate. Te queremos.

Ésa fue de las pocas veces que me lo dijo. Mamá demostraba su amor dando platos inmensos de comida o entregando regalos de Navidad en junio, jamás con besos o con abrazos, ni diciendo «te quiero».

—Yo también. Nos vemos pronto.

El verano se acababa y a mí todavía me faltaban un par de sucesos extraordinarios por vivir.

Mamá preguntó si necesitaba dinero, y que en caso de que así fuera, se lo pidiera a su amiga del alma. Luego, cuando terminó de hablar, colgó sin despedirse. Un clásico.

Esa noche tuve pesadillas. La cama pegajosa y sábanas que se me enredaban en el cuello, jaibas que avanzaban hacia mis ojos con las tenazas al aire, amenazantes. El amanecer fue un alivio.

Un poco más de veinticuatro horas para el estreno de *Tiburón* y la cita con Claudia.

Decidí pasar la mañana en el barrio chino. Buscar un regalo para mamá, otro para Claudia, tal vez un par de zapatillas de Bruce para mí, de repuesto; Pomada del Tigre de reserva. Y, tal vez, intentar ver dentro de las caras de ojos rasgados algún rastro de la Triada que cometía feroces crímenes. Siempre se le tiene miedo al otro porque no se le conoce. Pero eso todavía no lo había aprendido.

En un callejón había una casa pequeña de madera, con un cartón pegado en la puerta donde alguien había escrito, con letras rojas e irregulares que se habían chorreado, un críptico mensaje: «Se lee el futuro», y debajo: «Un *dollar*».

Yo tenía un billete de dólar en mi bolsillo y tiempo suficiente.

Di tres tímidos toquidos a la puerta, como tres tristes tigres, y se abrió suavemente como en un conjuro.

Era una sola estancia, oscura, con adornos chinos en las paredes; peces dorados, tortugas verdes, dragones de metal que lanzaban fuego por la boca. Una mesa al centro, dos sillas y una mujer sentada, fumando una larga pipa y que cargaba sobre ella todos los años del mundo. La piel surcada por arrugas inmemoriales. Enfundada en un traje azul celeste de seda raído, con bordados de hilo de plata.

Me hizo un gesto para que me sentara frente a ella.

Vengo de una familia de descreídos que sólo creen en la amistad, la solidaridad, el amor incondicional y las comidas pantagruélicas que refrendan todo lo anterior.

Me senté en una orillita de la silla, previendo que tuviera que escapar en cualquier momento de una triada china que quisiera secuestrarme y venderme como mano de obra esclava en un ignoto puerto del sudeste asiático.

Saqué mi dólar y lo puse sobre la mesa. Una garra con uñas largas pintadas de rojo sangre reptó sobre la superficie tomándolo y lo arrastró con lentitud hacia ella.

—¿Qué quieres saber de tu futuro? Lo dijo en un español perfecto. Sin una sola ele en la frase que delatara su ascendencia.

Yo estaba demasiado ocupado disfrutando el presente y

pensaba poco en el porvenir. Tardé unos instantes. Tantos instantes que volvió a tomar la palabra.

—Serás muy feliz. Veo muchas letras. Muchas páginas con letras.

No tenía bola de cristal, ni mazo de cartas, ni caldero mágico con agua, me miraba fijamente a los ojos mientras daba largas caladas a su pipa de bambú y las volutas de humo ascendían y se desvanecían en el techo.

La miré directamente a los ojos. Una película blanca los cubría. Cataratas, supuse.

—¿Seré escritor?

—Sí tú lo quieres —respondió.

—¿Y el amor?

—Largo y luminoso.

—¿Claudia?

—No Claudias.

—¿Entonces?

—No lo sé. Sólo veo una «I». Una mujer cuyo nombre empieza con I.

Y yo no conocía a ninguna Inés, Irlanda, Imelda.

—Paciencia. ¿Algo más?

Y me atreví.

—¿Cuánto viviré?

Se quedó callada unos segundos. Una nueva voluta de humo se desvaneció en al aire.

—Eso no se sabe. No puede saberse.

«Mejor», pensé.

Bajó la cabeza y comenzó a roncar ruidosamente, con la pipa en la mano derecha, apoyada sobre la mesa.

Me levanté y salí como un ratón, sin hacer ruido, a la

llamarada de la una de la tarde en La Paz, Baja California Sur.

Le compré a mamá un collar de jade que debía ser falso pero que era muy bonito; a Claudia, una pulsera de cuentas de coral; para mí una nueva Pomada del Tigre y zapatillas de Bruce y para papá, un llavero con su signo zodiacal chino: la rata, igual que yo.

En mi cabeza se repetía una y otra vez mientras caminaba por el malecón con ese sol que ya no quemaba, que se había vuelto mi amigo: seré escritor, seré escritor y una «I» me acompañará en la aventura. Sonaba a toda madre.

El resto del día nadé, comí, leí, escribí en mi libreta; cuatro de mis actividades preferidas en la vida. Y me acosté temprano, y tuve dulces sueños. La vida es buena y presagia también un buen camino.

A las seis en punto de la tarde del día siguiente ya estaba en la puerta del cine. Yo y otras doscientas personas que hacían cola. Los asientos no estaban numerados y era sin duda el suceso del verano. Yo estaba a media cola; nos tocaría buen lugar.

Media hora después se abrieron las puertas y la gente comenzó a avanzar lentamente. Claudia no aparecía por ningún lado.

A tan sólo tres de entrar, como en un sueño, se hizo presente. Llevaba un vestido blanco sin mangas, sencillo y sobrio hasta las rodillas, alpargatas de tela azules, el pelo recogido en una cola de caballo y una sonrisa de oreja a oreja.

A mí me dio un vuelco el corazón.

Yo iba con un pantalón gris, la única camisa azul que tenía, la decente (todo lo demás eran camisetas), y los Converse negros que iban a ser la envidia de mis amigos en la ciudad que me esperaba más temprano que tarde.

La tomé de la mano; el hombre de la puerta cortó mis boletos a la mitad y entramos a las fauces del tiburón.

Dos refrescos y unas palomitas grandes en una bolsa de papel.

El aire acondicionado a todo lo que daba.

Un mar de murmullos expectantes en un cine a reventar.

Nos terminamos las palomitas antes de que se apagaran las luces.

Con el primer ataque del tiburón inmenso en la pantalla, Claudia dio un salto. Yo pasé mi brazo por su espalda. Ella puso su cabeza sobre mi hombro. Tres minutos después nos estábamos besando.

Y así pasó la película completa. Sólo separábamos nuestras bocas cuando el público gritaba ante un nuevo ataque de la bestia en la pantalla. Tuve que verla meses después para enterarme de qué iba. El paraíso. Gracias, señor Spielberg.

La llevé caminando a su casa. En cuanto entró, yo floté hasta la mía.

Manolín estaba en mi cuarto, esperándome.

—Te vi —me dijo.

—Yo no.

—Estaba tres filas atrás. Parecían dos pulpos.

Y me dio un ataque de risa. El símil era bueno, muy de puerto de mar.

—También estaban los papás de Claudia.

—¡No jodas!

Y hubo un breve silencio. Mi ruina.

—Pero estaban lejos. Te salvaste de milagro, pinche chilango.

Fue cuando me volvió el alma al cuerpo.

Claudia sabía a fresas y palomitas de maíz. Soñé con ella y con sus labios y su vestido sin mangas.

Me quedaban tres días en La Paz. El verano se acababa.

En el desayuno, Mary me dio una hoja de papel doblada cuidadosamente en ocho partes con mi nombre escrito con tinta morada y caligrafía redondeada.

—Estaba debajo de la puerta —dijo.

Casi se la arrebato. Pero a volapié todavía pude darle las gracias.

Corrí hasta la habitación y abrí la hoja apresuradamente.

Claudia se iba esa misma mañana con sus padres a Los Cabos, donde tenían una casa; no había querido decírmelo. No me lo había dicho.

Puse el tocadiscos para que Óscar Chávez volviera a decir otra vez:

Por ti, yo dejé de fijarme en el cielo,
por ti, se han vuelto contra mí, mis anhelos,
por ti...

Y me eché a llorar.

Había encontrado el amor y lo había perdido en menos de doce horas. Así era. Destino manifiesto.

El final de la carta decía: «Te quiero. Claudia».

Nunca nos volvimos a ver. Los siguientes dos días los pasé en una especie de duermevela donde no me quedaba claro qué era verdad o sueño, lamiendo mis heridas.

La noche antes de mi partida, Mary cocinó jaibas rellenas, pero comí ensalada solamente.

Abracé muy fuerte a *Manolín*, a sus padres, les prometí volver. No lo he hecho.

Las zapatillas de Bruce duraron eternidades. Sólo me las ponía los fines de semana para no gastarlas. Y los Converse fueron la envidia de muchos de mis amigos.

Recuerdo cada instante de ese verano como si hubiera sido ayer.

Cada vez que oigo cantar en la radio a Óscar Chávez, se me eriza la piel y el aire huele a fresas y palomitas de maíz.

En el avión, mirando por la ventanilla ese mar azul y deslumbrante, esas arenas tan blancas, tuve una certeza.

Sería escritor.

La suerte estaba echada.

Verano del 77

Albuquerque, Nuevo México, Estados Unidos

Médulas que han gloriosamente ardido,
su cuerpo dejará, no su cuidado,
serán ceniza, más tendrá sentido;
polvo serán, mas polvo enamorado.

FRANCISCO DE QUEVEDO

—¿Cómo anda tu inglés? —preguntó papá en medio de una escandalosa sobremesa en casa.

—*Very fine* —respondí riéndome.

Mis padres no hablaban una sola palabra del idioma de Shakespeare; los asturianos tienen una traba ancestral que les impide comunicarse en otro idioma que no sea el propio, con todos los giros, retruécanos y palabrejas heredadas generación tras generación. Miento. Taibo I hablaba también un francés macarrónico aprendido en las vueltas ciclistas que había cubierto en su carrera de reportero. Un francés de ciclista, pero que le servía para ordenar en los restaurantes esos platos de la cocina gala que amaba desde siempre: *Coq au vin*, *blanquette*, *cassoulet*, *bourguignon*. También lo leía, fluidamente.

Yo estaba por cambiar de preparatoria, después de un sonoro fracaso en una escuela activa donde la libertad era tanta que no daba tiempo de estudiar; pero donde montamos dos obras de teatro, Ionesco y García Lorca, y en la que asistíamos a seminarios vespertinos de historia, economía y filosofía. No entraba a las clases, pero no faltaba a los seminarios. Una cosa extraña sin duda. Un lugar del que saqué grandes amigos que aún conservo y muy poca experiencia académica (por mi culpa, confieso). La nueva prepa comenzaba en septiembre y apenas estábamos en mayo.

—¿Entonces? —insistió papá.

Y yo, imaginándome un curso en una escuela de seis horas diarias, dudé muchísimo. Con desgana contesté:

—Podría ser mejor —hablaba de mi inglés.

—Bueno. ¿Qué te parece pasar el verano con Ángel y Shirley en Albuquerque para que aprendas?

Estuve a punto de gritar de la felicidad. Ángel era Ángel González, el mejor poeta de la Generación del 50; amigo de papá desde niños; profesor de la Universidad de Nuevo México, especializado en el Siglo de Oro y en Machado. Su mujer, Shirley Mangini, era estadounidense de ascendencia italiana y también maestra de literatura. Sonaba muy espectacular.

—¡Maravilloso!

—Pero tienes que venir hablando como un nativo.

—*Yes, boss* —aseguré. Una vieja broma familiar.

Intentaban mis padres, los dos, que yo tuviera un futuro. Porque hasta entonces, sólo era un desmadre. Escribía poesía, pero muy desordenadamente, en servilletas de papel que luego perdía; borroneaba hojas de una libreta y las arrancaba y rompía de tan malas que eran. Estar tres meses junto a un poeta podría servir, aunque fuera tan sólo por contacto, por simbiosis, por un milagro laico que contiene el embrujo de las palabras y que cambia a las personas.

Había que llegar a Albuquerque vía Houston, en cuya aduana me quitaron, por ser menor de edad, la botella de tequila reposado que le llevaba a Ángel de regalo.

Desde el cielo pude ver la inmensidad del desierto que me esperaba allá abajo. Otra vez el desierto. Mi destino.

Ángel me esperaba en el aeropuerto; era mi tío. Lo había visto muchas veces y lo admiraba profundamente, si había que ser como alguien, podría sin dudarlo ser como él, o como papá. Tenía un Ford Pinto de color naranja deslavado que había visto, sin duda alguna, mejores tiempos.

En cuanto llegamos al estacionamiento después de un abrazo grande y largo, Ángel se encendió un cigarrillo American Spirit de cajetilla color azul; yo saqué mis Delicados con filtro y procedí.

No hizo ni un gesto; era un alivio estar entre personas que consideraban el libre albedrío como un derecho inalienable.

—Te traje un tequila buenísimo, pero me lo quitaron en Houston.

—Jodidos tejanos —respondió tirando la ceniza por la ventana y riéndose por lo bajo, lo suyo, lo suyo, era el *whisky*.

Todo alrededor era desierto. Mucho y grande desierto.

—Yo te compré una bicicleta usada para que puedas moverte.

—¡Genial! —Yo había dejado de usar bicis desde los catorce, pero dicen que lo que bien se aprende nunca se olvida. Más me valía.

—Y te inscribí en los cursos de verano de Eldorado High School, queda cerca de casa.

No tan genial, pero sonreí cínicamente. Tendría que hablar inglés por fuerza. A eso iba, ¿no?

Llegamos a la casa de una planta donde vivían. Grande y cómoda, de tres habitaciones y un estudio; llena de libros por todas partes, con un patio trasero que emulaba el desierto circundante. Había algunas plantas mustias y terrones grandes. Naturaleza muerta. Muertísima.

Shirley era grandota y ruidosa, encantadora. Con el pelo ensortijado y una sonrisa pegada a los labios permanentemente.

—Te voy a hablar en inglés todo el tiempo —me dijo en español.

—*Yes* —contesté.

—A mí no —reviró Ángel González.

Tardé todavía unos días en descubrir que el inglés de Ángel, de tan rudimentario y práctico, era casi inexistente. Sus clases eran dictadas en español a estudiantes de doctorado, y en español se movía por el mundo. Llevaba veinte años viviendo allí y no necesitaba para nada el inglés, por lo visto.

Cenamos pronto, un espagueti a la boloñesa que a Ángel le sirvieron sin jitomate porque odiaba el jitomate en todas sus formas y presentaciones. Al terminar me llevó fuera y me enseñó mi bicicleta.

Era blanca, en buen estado, recién pintada, con timbre de metal en el manubrio, y de mujer, sin el cuadro superior.

Ni siquiera lo discutí; no le puedes pedir a un poeta que se fije en esas nimiedades. Agradecí mucho y toqué el timbre en señal de alegría.

Nos fumamos un cigarrillo en el porche frente a la casa, en dos sillas de playa. Era un barrio residencial cerca de la universidad, habitado por muchos maestros que ya iría conociendo.

A las ocho de la noche la ciudad se quedaba vacía. O por lo menos esa parte de la ciudad. Las clases empezarían la mañana siguiente muy temprano.

—Mañana vamos a Ortega Hall, el edificio dedicado a las lenguas extranjeras, para que sepas dónde encontrarnos, y de paso entras a tu propia escuela. —Y me dio una llave de su casa puesta en un cuerito de color marrón—. Puedes comer y beber lo que quieras. Lo segundo con mucha prudencia para que no terminemos los dos en la cárcel. Aquí la edad legal para el alcohol es veintiuno. No toques la lechuga que está al fondo de la nevera, abajo, allí escondemos una reserva de dólares.

—¿Y si aparece un ladrón vegetariano? —pregunté.

—Nos jodimos. También puedes coger cualquier libro, sin restricciones. Menos los de la mesa que son con los que estoy trabajando. Te hemos pagado el *lunch* en la cafetería de la escuela. Cenamos aquí, sobre las siete. ¿Vale?

—Vale. —Por lo visto andaría solo por allí, eso me gustaba.

A las nueve ya estaba en la cama. Ángel y Shirley bebían una copa en la sala, pero yo me encontraba francamente cansado después del largo viaje y lidiar con los «jodidos tejanos». Mi habitación también estaba tapizada de libros. Recorrí las estanterías. Quevedo, *Poesía completa*. ¿Por qué no?

En mi casa se decía poesía en voz alta a la menor provocación. Mucho Siglo de Oro, mucha Generación del 27. La poesía entra por los oídos, y así entró en los míos durante toda mi vida.

Abrí el libro al azar: «Definición de amor».

Es hielo abrasador, es fuego helado,
es herida que duele y no se siente,
es un soñado bien, un mal presente,
es un breve descanso muy cansado.

Eso: muy cansado. Me quedé dormido un rato después, soñando con todas las aventuras que me esperaban en Albuquerque, Nuevo México, donde sería más libre que nunca.

A las ocho ya habíamos desayunado y avanzábamos por las calles en el Pinto naranja. Me fui fijando muy bien para, en algún momento, poder volver. Todo de frente sobre Pico hasta César Chávez a la izquierda, un par de kilómetros y allí estaba el campus. Más fácil imposible. Mi escuela estaba en sentido contrario, bastante cerca. Ya tendría tiempo de explorar.

Ángel se estacionó en un lugar reservado para él, frente al edificio hecho aparentemente de adobe, emulando las construcciones nativas de tres plantas. Por dentro era muy moderno.

—Ven. Te presento a mi clase de verano: todos son estudiantes de doctorado.

Y me guio por una serie de pasillos hasta el *room* 101. Allí estaban en semicírculo ocho personas sentadas esperándolo; todos muy jóvenes desde mi punto de vista. Cinco chicas y tres chicos. Fue diciendo sus nombres.

—Y él es Benito, mi sobrino. Quiere ser poeta y viene a estudiar inglés —dijo, por supuesto, en español.

Y yo me hinché como un sapo por las dos primeras condiciones mencionadas. Todos me dieron la mano. Dos de las chicas eran muy guapas, Helena y Rhonda. El resto de los nombres los tuve que oír otra vez.

—¿Quieres oír o descubrir la escuela? —preguntó Ángel.

—Primero descubro y regreso —contesté.

—Vale. —Se quitó el saco de cuadritos que lo acompañaba a todos lados y se sentó con los muchachos.

Y yo recorrí el campus. Salí de Ortega Hall y fui hacia los edificios centrales. Lo primero que encontré fue el cineclub, en el cual costaba cincuenta centavos la función corrida. Ponían tres o cuatro películas por ese precio único. Un regalo del desierto con refrescos y sándwiches que se veían espectaculares. Abrían a las doce. Los precios eran ridículos. Todo debía de estar subvencionado.

Fui paseando hasta los campos deportivos, enormes y verdes; un contraste enorme con los alrededores áridos. El equipo de futbol americano estaba entrenando. Más tarde sería un despropósito porque el calor lo impediría. «Los lobos», se llamaban; todos los muchachos que estaban allí sudando la gota gorda, corriendo y pegándose unos a otros eran enormes, de una enormidad monstruosa. Me senté en las gradas vacías y los estuve viendo por largo rato. Me quedó claro inmediatamente que no soportaría ni una carrera ni un golpe. Lo mío era la poesía.

El sol de las diez de la mañana me expulsó del campo. Volví a los edificios centrales. Acababan de abrir la tienda de «souvenirs». Y me compré una camiseta de la universidad, naranja con letras rojas. Una camiseta que me duró años y de la que me sentía de lo más orgulloso.

Y desandé mis pasos hacia el Ortega Hall. Serían las once. Los pasillos estaban vacíos. Me asomé por la ventana del *room* 101. Ángel seguía hablando con sus alumnos.

Abrí la puerta con sumo cuidado y sin hacer ruido me senté en una banca al fondo.

Y oí durante una larga y maravillosa hora cómo el Siglo de Oro español había sido el prodigio que fue, cómo las palabras sonoras y precisas le habían dado lustre y sentido a un tiempo que, de otro modo, hubiera sido oscuro y sin sentido.

Ángel tenía una media voz de fumador, ésa con la que explicaba, que te hacía volar con él al pasado remoto, lleno de intrigas, espadachines, hambrunas, crueles enfermedades, poderes fácticos y terribles, inquisiciones y molinos de viento, tinterillos y leguleyos; y hablaba también de cómo en medio de esa sombra, de ese tiempo oscuro pero también de descubrimientos, un grupo de brillantes escritores se había batido a pluma y espada, entre ellos muchas veces, pero también contra los vaivenes del alrededor.

Satíricos, procaces a veces, luminosos siempre, los poetas de ese siglo vinieron a dejar su huella y su impronta en las letras del mundo, dándonos una herencia magnífica que yo apenas estaba comenzando a vislumbrar.

Estaba en un sueño, un sueño perfecto.

De pronto, Ángel González, poeta mayor, comenzó a decir en voz alta:

Miré los muros de la patria mía,
si un tiempo fuertes ya desmoronados
de la carrera de la edad cansados,
por quien caduca ya su valentía.

Y yo, casi sin darme cuenta, lo iba siguiendo y declamando el soneto de Quevedo cada vez más alto, acompañando su voz.

Salíme al campo. Vi que el sol bebía
los arroyos del hielo desatados,
y del monte quejosos los ganados
que con sombras hurtó su luz al día.

Entré en mi casa. Vi que amancillada
de anciana habitación era despojos,
mi báculo más corvo y menos fuerte.

Y aquí, Ángel calló y terminé solo, en ese salón que de pronto se había iluminado, con los rayos del sol del mediodía de Nuevo México y con las palabras de Francisco de Quevedo que nunca estuvo en Nuevo México, pero que ese día se hizo carne y lengua y voz viva.

Vencida de la edad sentí mi espada,
y no hallé cosa en que poner los ojos
que no fuese recuerdo de la muerte.

Los estudiantes de Ángel me miraban con los ojos cuadrados y casi todos con la boca abierta. Uno de ellos, alto, barbado y pelirrojo, señalándome con un dedo preguntó:

—¿Por qué lo sabes? —dijo en un español con un muy marcado acento.

—En mi casa se dice mucho —respondí con timidez.

—¿Y sabes otros? —intervino Helena.

—Algunos.

Me estaban acorralando. Para ellos, estudiantes de doctorado, era inconcebible que un muchachito supiera poesías que ellos tal vez oían por primera vez.

Ángel les explicó que mi padre y él eran amigos desde niños, que habían pasado la Guerra Civil española juntos y que juntos trabajaron en una librería en Oviedo, capital de Asturias, en España, donde se habían aficionado a los libros y a la lectura, «apasionadamente», añadí yo. De allí venían esos poetas que se contaban en voz alta en las sobremesas de nuestras casas y de donde yo los había heredado.

Para mí era algo natural, parte de mi vida, para ellos resultaba una suerte de «niño genio», que no era, por supuesto.

Estaba acercándose la hora del *lunch*. Los estadounidenses comen a la una y cenan a las cinco, y tendría que acostumbrarme.

Salimos del salón rumbo a la cafetería de la universidad, que estaba abierta sólo en parte por ser verano, pero que seguía sirviendo.

Había sopas a pesar del calor y del desierto, supongo que era para que los chicos no extrañaran sus casas. Había también ensaladas y sándwiches, sobre todo, pero nada de guisados.

Me sentía en una de las tantas películas que había visto y que sucedían en universidades exactamente iguales a ésta.

Me comí una sopa de pollo (aprovechando el aire acondicionado de la cafetería) y un sándwich «*triple deck*» (que se volvió inmediatamente mi frase en inglés preferida) de tres pisos, con salami, jamón, queso, jitomate y lechuga, buenísimo.

Luego salimos todos a fumar. Y cuando digo todos, es que éramos literalmente todos. Se podía fumar en los jardines, que más que jardines eran «terrarios» llenos de cactus, rocas y arena, esparcidos en todo el campus. La única zona verde visible era la cancha de futbol, lo demás sólo era desierto. Pero a mí me gustaba el desierto.

Charlábamos y fumábamos como viejos conocidos, como amigos que se habían reencontrado después de una larga ausencia. Una vez más estaba en casa; por lo visto, el mundo entero era mi casa.

Nadie hablaba en inglés; presumo que como una deferencia a su maestro asturiano que se reía y hacía bromas.

Me gustaba Nuevo México, me gustaba el desierto, me gustaban mis «padres temporales», me gustaban los alumnos, la universidad, la bicicleta blanca, me gustaba la poesía y me gustaba, sobre todo, la libertad.

Después del *lunch*, Ángel tenía que ir a su oficina de Ortega Hall a hacer trabajo de escritorio y yo me fui, sin dudarlo, al cineclub.

Entré al edificio SUB, las siglas del Student Union Building, y pagué en la entrada mi medio dólar a una muchachita rubia de trenzas que leía un libro sentada en un sillón, y que ni siquiera me miró. Avancé en la penumbra. Corrían los créditos finales de una película. Era un cine en miniatura, con veinticuatro butacas rojas y cómodas, y no había un alma.

Salí a preguntar por la siguiente función. Y sin mirarme de nuevo, la chica me dijo que ya empezaba la siguiente. Pregunté por los refrescos y contestó que los precios estaban marcados y que dejara el dinero de lo que consumiría en un plato sobre el mostrador. Todo era tan civilizado que un tipo como yo, nacido en una de las ciudades más pícaras del mundo, no me lo podía creer.

Los sándwiches allí se veían más apetitosos y mejores que los de la propia cafetería, todos puestos en un refrigeradormostrador abierto y no resistí la tentación. Un «italiano» y un refresco de cola por 1.50. El paraíso.

Me senté en la fila cuatro, en medio, y esperé a que el destino me sorprendiera una vez más. Y sin duda lo logró.

Fritz the cat, una película de dibujo animados. En la entrada había un cartel con el famoso Fritz en una pose muy acaramelada y erótica con una gatita. En México no hubiera llegado yo ni a la taquilla; era para mayores de dieciocho. La primera película de «caricaturas» para adultos «psicodélica».

Dos horas después, estaba fuera, alucinado, con la camisa y el pantalón llenos de mostaza y un montón de sensaciones encontradas. Crecer de golpe, podría titularse mi experiencia en esa sala vacía. La película era muy subida de tono. Y también divertida, lo confieso. No me asusté, pero sí fui, sin duda, sorprendido. Abandoné la sala mientras avanzaban los créditos.

Le pregunté a la chica de las trenzas por el baño y ahora sí decidió mirar mi disfraz de hombre-mostaza, y con una sonrisita irónica me señaló el lugar donde están todos los baños del mundo, al fondo a la derecha. Me limpié lo mejor que pude y salí del sitio sin mirar a la chica a los ojos. Ella siguió enfrascada en su lectura. Mi primer día en Albuquerque.

Por la tarde volvimos a casa. Ángel me llevó en el Pinto hasta la que sería mi nueva escuela para aprenderme el camino. Un par de edificios de una sola planta, pintados de blanco, rodeados de pasto; pensé en la cantidad de agua que gastarían allí para mantener el verdor entre tanto desierto. Cenamos costillas de cerdo con papas. Y soñé con el gato libidinoso y atascado que hacía de las suyas. Al día siguiente, a las siete y cuarto, ya estaba bañado y listo; llevaba mi mochila con cigarros, un libro, un impermeable delgado que Shirley me había obligado a meter («Uno nunca sabe cómo cambia el clima», dijo muy seria), la carta de aceptación en la escuela y, en el bolsillo, treinta dólares por si acaso.

Me monté en la bici y vi cómo mis padres temporales me despedían con café en mano desde el porche, agitando una mano al aire como si no fuera a volver nunca más o me fuera a buscar al Dr. Livingstone al Congo; estoy seguro, con cierta lástima. Ellos sabían mejor que yo lo que me esperaba. El paseo en bici duró unos veinte minutos, no más. El noventa por ciento de las casas que vi en el camino eran idénticas, a excepción del tamaño y color de los gnomos de jardín hechos de barro que te miraban pasar con los ojos desmesuradamente abiertos. Parecía que los famosos gnomos se reproducían en Nuevo México como conejos (o como gatos de película animada, no lo sé). Jamás vi tantos en mi vida. Por fortuna, Ángel y Shirley no tenían ese infinito mal gusto y su casa y porche era territorio libre de esas monstruosidades.

Llegué hasta la escuela, me dirigí al «estacionamiento de bicicletas» (una barra de metal a un costado de la entrada principal) y puse cadena y candado a mi bicicleta blanca: cómo se ve que yo venía del DF porque al mirar alrededor descubrí de inmediato que era la única con «seguridad» de todas las que ya estaban allí, puestas en desorden, con prisa. Caminé hasta la oficina de la dirección y una mujer cincuentona, rubia y sonriente en la recepción recibió mi carta, me dio un apretón de manos y me señaló un pasillo, deseándome suerte. Por ser verano sólo algunas aulas estaban abiertas, me tocó la 007, Bond, James Bond. Me reí de mi chiste a solas antes de abrir la puerta con cuidado, como evitando con el cuerpo que se fueran a salir todos si yo entraba.

Éramos trece, contándome. Como Jesús con los apóstoles. Y yo sería el que a la larga los traicionaría. Me sonrieron, se fueron presentando: Lisa, Demian, John, otro John, Clark, Mara, Linda, Jane, Dustin, Marisol, Rafael y Óscar.

Y yo fui a partir de ese momento *Beniro*, y no hubo poder humano o divino que lograra poner una «t» a mi nombre. La verdad es que todos eran amables y simpáticos, y que ninguno estaba allí por su propia voluntad. Los cursos de verano eran para aquellos que no habían tenido buenas calificaciones durante el semestre e intentaban no repetir.

Entró la maestra. Eran las ocho en punto según el reloj encima del pizarrón. Era morena, alta, muy alta, con un vestido largo que le llegaba hasta los tobillos, el pelo recogido en un chongo, lentes de fondo de botella y dientes grandes.

Pidió silencio. Me dio la bienvenida y les solicitó a sus alumnos que a partir de ese momento nadie me hablara en español. Estaba allí para aprender inglés.

Y John (el segundo John), levantó la mano y preguntó si la clase de español sería en inglés. Buen punto.

Miss Rather (así se llamaba y nunca supe su nombre de pila) lanzó una risita de caricatura (una de niños, no como Fritz) y dijo que ¡claro que no!, que *Beniro* ayudaría en las clases de español para tener una mejor pronunciación. Y pensé para mis adentros que la primera palabra que pondríamos en el pizarrón seria Benito con «t» de toro, de tortuga, de torpedo, de tarado.

Sin transición, *miss* Rather comenzó a leer en voz alta, en inglés. Tardé un rato en darme cuenta de que era *Sueño de una noche de verano* del maestro Shakespeare. Levanté la mano y pregunté si estaba en lo correcto.

Ella me miró, palideció como si yo fuera un monstruo del desierto, asintió con la cabeza y me pasó el libro para que yo siguiera. Tal vez debí haberme quedado callado. No era una buena manera de entrar en sociedad, haciéndome el sabihondo. Mal punto.

Dos páginas después se lo di a Lisa, y así fue rolando de mano en mano durante los siguientes cincuenta minutos.

Sonó una chicharra. Tendríamos diez minutos de descanso antes de la siguiente clase. Al salir del salón, *miss* Rather me dijo que pronunciaba bastante bien. Papá podría estar orgulloso de mí, su inversión en mi educación rendía sus frutos.

En cuanto salimos al sol, pregunté al que estaba más cerca dónde podía fumar, y despreocupadamente señaló la calle, a unos cincuenta metros. Corrí hacia allí, donde ya estaban otros dos de mi salón haciendo lo mismo.

Dustin, alto y desgarbado, con el pelo largo y las uñas comidas y carcomidas, me encendió el cigarrillo y casi sin transición me preguntó en inglés si en la ciudad de México había bomberos.

Lo primero que pensé fue en contestarle que no, que apagábamos los incendios meando todos los vecinos al unísono. Pero Dustin era grande y fuerte y yo sólo tenía mi afilada lengua para defenderme.

—Sí, hay bomberos —dije resignado.

—Ah —soltó Dustin. Y atacó de nuevo—. ¿Van de rojo?

Pensé que estaba burlándose de mí, pero la mirada un poco vacía del muchacho me indicaba que, dentro de su cabeza, había más desierto que en los alrededores.

—De rojo, sí. Tienen mangueras, hachas, escaleras, carros con campana y son valientes —lo dije lenta y didácticamente y en inglés para evitar una nueva y extraña pregunta.

—Ah —contestó. Tiró la colilla al suelo y se fue bamboleando hacia el edificio, poniendo sus enormes zapatones uno delante del otro, como si hubiera pisado al mismo tiempo un millar de chicles. Hice lo mismo y lo seguí, pensando en el heroico cuerpo de bomberos de la muy noble y leal ciudad de México, fundado en 1887 y que de entonces a la fecha ha apagado miles y miles de incendios, rescatado personas, limpiado calles inundadas y bajado de los árboles a gatos llamados Fritz, Apolonio y hasta Gerundio (yo conocía a uno).

Me preocupé un poco, lo confieso.

La siguiente clase era de Geografía, materia que me gustaba mucho porque siempre imaginaba el mundo ancho y ajeno que me esperaba para llenarme de asombro y aventuras.

Miss Rather nos saludó con tal efusividad que parecía que no nos hubiera visto desde las Navidades, y sólo habían pasado nueve minutos. Me caía bien esa mujer.

El mapamundi enorme que estaba puesto sobre el pizarrón no tenía los nombres de los países coloridos. Me imaginé de inmediato lo que vendría a continuación. Lo habíamos hecho muchas veces en la secundaria. La maestra diría nombres de países y los educandos apuntarían con el dedo el lugar donde se encontraban sobre el papel. Pan comido.

—John —el uno—, pasa por favor —dijo la *miss* haciendo un gesto de presentadora de televisión y señalando el espacio frente a sí.

John (el uno) era delgado, pequeño, pecoso y pelirrojo; llevaba unos pantalones color caqui que le quedaban grandes y una camiseta de Black Sabbath; temblaba como una hoja.

—Ya que tenemos un invitado especial, nuestro amigo *Beniro*, señala, por favor, su lugar de origen: ¡México!

John caminó hasta el pizarrón resuelto, y sin embargo tembloroso, sin dudarlo puso su dedo índice, corto y blanquecino sobre el mapa; volteó la cabeza y miró a los ojos a *miss* Rather con expresión victoriosa.

Ella hizo un mohín breve de disgusto. Se acercó al chico, le tomó la mano y la quitó de un espacio indeterminado del sudeste asiático donde apuntaba el muchacho sin dejar de moverse como una gelatina en medio de un terremoto. Y con su mano sobre la de él, avanzó medio mundo hasta señalar mi patria.

Yo suspiré. Y debió oírse mi respiración porque varios voltearon a mirarme. Sonreí bobamente. ¿Dónde estaba? Tal vez un episodio sorpresa de *La dimensión desconocida* y habría cámaras ocultas que en ese momento nos filmaban sin nuestro consentimiento.

El tormento duró unos quince minutos más. Pasaron frente al mapa Lisa, Dustin, Mara, Clark y Marisol y ni uno de ellos logró señalar correctamente a Grecia, la Unión Soviética, China, Argentina o Canadá.

La educación secundaria mexicana podría compararse con la de Finlandia viendo lo que estaba pasando en ese salón de clases, el infausto 007, Bond, James. Yo sufría de lo que en mi casa mamá llamaba «pena ajena», y no me atrevía casi a respirar ni a moverme de mi sitio. Empezaba a sentirse el calor del desierto, a pesar del aire acondicionado que ronroneaba con suavidad desde lo alto del salón, y gotas de sudor perlaban mi frente. Rogaba en silencio a todos los dioses en los que no creía que no me hicieran pasar al mapamundi.

Miss Rather me miró fijamente y con la barbilla me señaló y luego apuntó al pizarrón.

Fueron tan sólo seis pasos, pero me parecieron mil. Como avanzar hacia la guillotina en medio de la plaza pública. Y durante esos seis pasos se me agolparon en la cabeza las bromas, el escarnio, los abucheos de la multitud al fallar de forma miserable en mi propósito de descifrar al mundo.

—*Beniro* —dijo suavemente—. ¿Podrías, por favor, señalar Uruguay?

Y claro que podía. Me tardé un poco a propósito para no parecer ansioso. Puse un dedo determinado sobre el papel.

—Muy bien. Ahora España, por favor.

La tierra donde nacieron mis padres. ¡Va! Dedo justo sobre ella.

—¿Crees saber dónde está Madagascar?

—*Yes* —respondí.

La isla más grande de África, fácil, reluciente sobre el mapa.

Detrás de mí escuchaba «ooooh», «aaaah». Como si estuviera en un concurso y el premio fueran muchos dólares verdes puestos en un cofre.

Me estaba pasando de vivo. Y dejando en ridículo a mis flamantes compañeritos. Miré a *miss* Rather con ojos de borrego, esperando que se compadeciera de mí.

—Una última —agregó—. Guatemala, por favor.

Nuestra frontera al sur junto con Belice. ¿No podría haber dicho Indonesia o San Marino?

No se oía (ese lugar común) ni el volar de una mosca.

Si acertaba sería el «matado», «empollón», «*nerd*», o

como lo quieran llamar, y ese verano prometía ser largo y jodido.

Fallé a propósito. Señalé a Chile. *Miss* Rather le hizo un gesto a un chico.

—Rafael, por favor, ¿puedes señalarle a *Beniro* dónde se encuentra Guatemala?

Y el muchacho, moreno y con una sonrisa grande que le cubría el rostro entero, con el pelo de aguacero, negro, tomó mi mano, como lo había hecho la *miss* con otro, y la subió por el mapa lentamente hasta el lugar en cuestión. Luego me enteré de que Rafael era guatemalteco. Afortunadamente sabía dónde quedaba su país. Todo el salón respiró aliviado, incluyéndome.

Tenía una leve esperanza de no haber caído pésimo a todo el mundo. Pero la verdad lo dudaba mucho.

La clase siguió un rato más y sonó por fin la chicharra de los diez minutos de descanso. Salí corriendo hacia la calle a fumar. Nadie se me acercó. Estaba contagiado, era el enemigo. Gran presentación en sociedad.

Tuvimos dos clases más, biología y química, con el maestro Fernández, un chicano grandote que se movía como un oso, y a las doce pasamos a tomar el *lunch* (prepagado por el buen Ángel).

Si la escuela podía ser terrible, la comida era abominable. En una mesa yo solo (nadie se acercó ni por asomo) comí macarrones con queso plástico, ensalada y un pudín de vainilla que recordaré toda mi vida por lo malo que era.

Para finalizar el día, volvió la sonriente *miss* Rather a darnos un repaso de historia de los Estados Unidos de dos largas horas.

Si así iba a ser el verano yo estaba listo para descruzar la frontera por la parte más agreste y árida del desierto que nos separaba y nos unía.

La chicharra salvadora sonó a la las dos en punto de la tarde. Fueron seis horas, pero parecieron catorce. Me encaminé hacia la bicicleta blanca bajo el penetrante sol. Quité el candado y descubrí que la llanta trasera estaba ponchada. Rajada más bien. Como si le hubieran dado un navajazo. Miré alrededor y no había nadie.

Respiré hondo y profundo, la tomé del manubrio y comencé a avanzar caminando hacia casa. A las tres cuadras yo estaba empapado de pies a cabeza, como si me hubiese metido vestido en una alberca. Me puse bajo el único árbol en kilómetros a la redonda y supliqué por un milagro desde el tercer círculo del infierno.

Y el milagro se hizo.

Se detuvo frente a mí una *pick up* roja y enorme con vidrios polarizados. Se abrió la ventanilla del pasajero y vi a la sonriente *miss* Rather que me miró exactamente igual como se mira a un perrito abandonado por su madre.

—¿Todo bien? —preguntó.

Se me ocurrieron como catorce respuestas mordaces, pero sólo señalé la llanta trasera y dije en perfecto inglés:

—*Flat tire*.

Ella hizo un mohín de disgusto y se bajó del monstruo. Entre los dos subimos la bici a la parte de atrás de la camioneta y me llevó a casa. Faltaban como catorce cuadras. No lo hubiese logrado por mí mismo, o tal vez sí, después de mucho sol y muchos litros de sudor.

—Nos vemos mañana.

—Claro —respondí de mala gana.

Puse la bici en el porche, sin candado, le di las gracias a la maestra y me metí a casa a prender los aires acondicionados. Me di un largo y frío baño mientras pensaba en el incierto futuro que me esperaba en Albuquerque, Nuevo México.

A las tres llegaron Ángel y Shirley.

—¿Qué coño le pasó a la bicicleta? —preguntó muy asturianamente el poeta.

—Tuvo un desperfecto —dije.

—Algo más que eso. ¿Te fue bien? ¿Comiste? ¿Practicaste inglés?

—Regular, mal, *yes* —contesté sin batería. No quería, como dicen los argentinos, «pincharle el globo» demasiado pronto. Si ellos estaban haciendo un esfuerzo, tenía que corresponder lo mejor posible.

Sentados en la sala les conté mi día, con pelos y señales, mientras se bebían un *whisky* con soda. Ángel se reía con esa manera tan suya y Shirley ponía cara de preocupación.

Al final del recuento, el poeta dijo una sola concreta sentencia.

—Odio los *mac and cheese*. Es uno de los peores inventos estadounidenses.

Y yo solté una sonora carcajada.

—¿Cuántas semanas de comida pagaste? —Quise averiguar.

—Sólo una.

—Menos mal. Esa dieta podría matarme.

—Y mucho más si estás acostumbrado a la comida de tu madre.

—Estoy, estoy.

Salimos a comer fuera, a la gringa, a las cinco, a un restaurante chino buenísimo.

Ángel estaba un poco distraído, pasaba sus palillos sobre el *chop suey* sin acabar de llevárselos a la boca. Al final de la comida, abrió su galleta de la suerte y leyó en voz alta.

—«Nadie está obligado a lo imposible». Creo que te hablan los ancestrales dioses chinos, Taibito. No tendrás que ir a esa escuela si no quieres. —Y se guardó el papelito en la bolsa lateral de su inseparable chaqueta de cuadros.

Me reí.

Shirley intervino.

—¿Buscamos otro *high school*?

Y Ángel fue categórico.

—No. Se trata de aprender, no de sufrir. Estás sobrecalificado para esa escuela. Ya me lo imaginaba.

Sonreí como un santo al que hubieran sacado de la arena de los leones antes de que se lo comieran vivo.

—Pero yo te seguiré hablando en inglés —dijo Shirley, en inglés.

Tengo la sensación de que Ángel se había preocupado más por el nivel de la comida que por el nivel de la educación que daban en Eldorado.

Yo me sentía aliviado.

—Pero algo tendrás que hacer. ¿Propuestas? —Y el poeta encendió un cigarrillo en la mesa y se me quedó mirando inquisitivo.

No lo dudé un instante.

—Podría ir de oyente silencioso a tus clases.

—Vale. Son los lunes, miércoles y viernes. ¿Qué harás el resto del tiempo?

—Ver películas en inglés en el cineclub. Así también se aprende el idioma, ¿no?

Sonrió. Esperaba algo más.

Tuve una iluminación.

—¡Y arreglaré el jardín del fondo de la casa!

Me estrechó la mano.

—Tenemos un pacto —dijo.

Levantó su bebida y la chocó contra las de Shirley y la mía.

—Aquí, un oyente-cinéfilo-jardinero-aprendiz de poeta. No estoy seguro de que deba contárselo a tus padres.

—Yo estoy seguro de que no —respondí mientras abría otra galleta de la suerte y leía en voz alta—: «El silencio cómplice genera amistades duraderas».

Ángel y Shirley rieron a carcajadas.

—Ésa podría ser una profesión: redactor de mensajes en galletas de la suerte —afirmó Ángel mientras con una mano hacía el gesto universal con el que se pide la cuenta.

Ni siquiera fui a despedirme a Eldorado, no había hecho, en las poco más de seis horas que pasé allí, ni un atisbo de amistad. A la mañana siguiente averigüé dónde había un taller de bicicletas (que quedaba providencialmente cerca de la universidad) y la arrastré penosamente cerca de diez calles, mientras desde los cuidados jardines de las casas de madera tan gringas, gnomos de todos tamaños y colores, pero con sonrisas maléficas, me miraban pasar encantados, mientras yo sudaba.

Seis dólares me costó la llanta nueva.

De allí me fui directo al cineclub, al sándwich italiano y a la maravillosa *Amarcord*, del asombroso Federico Fellini, que, aunque estaba en italiano, tenía subtítulos en inglés, los que leí rigurosamente, mi clase del día.

Pocas veces he disfrutado tanto una película; es la historia de un adolescente creciendo en la Italia fascista de los años treinta mientras pasan cosas extrañas, magníficas, enloquecidas, cotidianas y por ello extraordinarias. Un verdadero sueño. Mientras la veía pensaba en mis padres, que se hubieran reído conmigo en esa sala de la que yo era el único habitante.

Tuve un pequeño ataque de nostalgia. Salí corriendo por otro sándwich. Mamá lo dice siempre: «La comida aleja a los sicoanalistas de tu vida».

Al salir, me despedí de la chica de trenzas de la entrada, que seguía absorta leyendo en su sillón.

—¿Te gustó? —me preguntó, subiendo un instante los ojos del libro.

—Me encantó. Deberías verla. Es maravillosa.

—Mañana la veré.

—Va. Cuídate.

Rubia, pecosa, tan joven como yo mismo, lectora. Tendríamos que sentarnos a hablar seriamente sobre el cine y la vida misma.

No volvería a pisar el *high school* donde en un pizarrón frente a un mapamundi, los alumnos iban pasando y señalando el país que la maestra inquiría. El único lugar donde Vietnam hace frontera con Canadá, México está en alguna parte de Asia Menor y España y la India son amistosas vecinas.

Y el pequeño rebelde sin causa que era comenzó a aprender que hay muchas causas por las que ser rebelde. Y una de ellas era el tema educativo.

Por la tarde decidí explorar con la bicicleta los alrededores de la casa. Me puse como límite diez manzanas en los cuatro puntos cardinales.

Al sur, la universidad y todo lo que ella ofrecía.

Al norte, el desierto, así, sin metáforas, más allá el aeropuerto.

Al este, el centro de la ciudad, decenas de locales comerciales en los que podías ver los letreros desde lejos.

Al oeste, un pequeño bosque, y dentro de ese pequeño bosque, una suerte de mínimo zoológico gratuito con la fauna del lugar. Armadillos, perritos del desierto, serpientes de cascabel y otras serpientes que nunca había visto en mi vida pero que se veían igual de peligrosas, una pequeña cueva con murciélagos, coyotes, una familia de venados y un lobo, enorme y gris, que daba vueltas a una jaula de unos cuatro metros cuadrados, interminable, mecánicamente, con una desesperación tal que parecería que en cualquier momento podría caer fulminado en el sitio, de agotamiento, de falta de libertad.

Una madera pirograbada decía que se llamaba Tom. No miraba a nadie en particular, tal vez al infinito, y caminaba como si en el andar fuera a destruir las barras que lo separaban de su casa que debía estar en algún lado, tal vez en las Montañas Sandía que podías ver allá, a lo lejos.

Ese día me senté en una banca y lo miré durante un par de horas

Y nunca acusó mi presencia.

Yo no existía, era una parte más, tal vez incómoda, del terrible paisaje de barras de metal.

Me invadió toda la tristeza del mundo.

Me acerqué al único guardia del parque, un rubio vestido con camisola y shorts verdes y que miraba alrededor como si alguien fuera a robarle la cantimplora que llevaba colgada en la cintura.

—¿Cuánto tiempo lleva aquí? —pregunté señalando la jaula del lobo.

—¡Bienvenido! —saludó alegremente—. Éste es un santuario de especies del desierto protegidas por el Servicio Forestal de Nuevo México. Espero que disfrutes tu estancia.

—Gracias —dije por mera cortesía—. El lobo. ¿Cuánto tiempo lleva en la jaula?

—Tom llegó al parque hace dos semanas, está en proceso de aclimatación. Se acostumbrará. ¿Ya viste los murciélagos?

Me di la media vuelta y lo dejé hablando solo. No hay justificación alguna para «aclimatar» a nadie que no quiera ser aclimatado. Eso es una chingadera.

El animal hace muy poco tiempo vagaba libre con su manada por las montañas y ahora estaba recluido en este lugar.

El resto del día la pasé pensando en él, en Tom. Tristísimo destino.

Nuevo México me trataba a mí mucho mejor que al lobo, sin dudarlo.

Estaba aprendiendo un montón en las clases con Ángel, viendo montones de películas (y, por ende, practicando el inglés para que mis padres no me mataran con justa razón), comiendo sándwiches prodigiosos y baratísimos, respirando el desierto y pasándola de maravilla con esa pareja estupenda, Ángel y Shirley, que me trataban como un adulto.

Dediqué muchas mañanas a intentar convertir el patio trasero en algo presentable, o por lo menos vivo. Con un azadón nuevo, me dediqué en cuerpo y alma (más cuerpo que alma) a romper terrones milenarios que eran más duros que el granito. Regué diez veces el lugar y diez veces volvió a su complexión pleistocénica sin que yo pudiera hacer nada por solucionarlo.

Ese patio no sería nunca un jardín, al igual que los Estados Unidos no sería nunca un país comunista. No había remedio.

Un sábado por la mañana el poeta me preguntó a bocajarro a mitad del desayuno:

—¿Has estado en la nieve?

—No. Nunca.

—Eso se arregla ahora mismo. Coge un suéter —me dijo.

Shirley tenía trabajo y no pudo venir con nosotros.

Enfilamos en el Pinto hacia las Montañas Sandía, que a simple vista parecían estar mucho más cerca de lo que en realidad estaban.

Subíamos y subíamos y la nieve, como una promesa inalcanzable, allá arriba, coronando la maravillosa cima.

Pero la cosa empezó a ponerse fea, la temperatura iba descendiendo y el coche de vez en cuando, a pesar de que Ángel manejaba despacio, de repente daba algunos patinazos.

—Ya la vi —dije un poco preocupado—. Si quieres bajamos.

—No, no. Hay que tocarla.

—Podemos tocar el hielo del congelador.

Y Ángel soltó una enorme carcajada, seguida de un acceso de tos de fumador.

—Ya estamos cerca —insistió.

Me puse el suéter y empecé a rezarle a mis santos laicos. Mark Twain, Julio Verne, Emilio Salgari, Mary Shelley.

Ya estábamos en la nieve. Los dos carriles se habían vuelto uno solo, una alfombra blanca coronada por pinos inmensos.

Ángel aparcó el Pinto a un lado y me dijo:

—Venga. ¡Tócala!

Y me bajé del auto, caminé por la nieve, me hundí casi hasta las rodillas, perdí un tenis y tardé un montón para recuperarlo, hice un «angelito» en honor a Ángel (acostado sobre la nieve mueves los brazos y queda a tu alrededor la silueta de unas alas; una niñería, lo sé, pero que me encantó) y volví, congelado, al auto, del cual nunca se había bajado el poeta.

Intentamos dar la media vuelta y nos quedamos parados en medio de la vía, con las llantas patinando y sin avanzar o poder retroceder un ápice.

Desde que empezamos a subir yo no había visto coches en ninguna de las dos direcciones, ni siquiera personas, cabañas, puestos de *hot dogs* o alguna otra señal de vida.

Moriríamos congelados en las Montañas Sandía. Ya me imaginaba los titulares de los diarios: «Laureado poeta muere congelado con un acompañante desconocido».

—Calma —dijo Ángel y se encendió un cigarro. Lo seguí, abriendo un poco la ventanilla para no morir primero de intoxicación que de frío.

No pasaron ni tres minutos cuando apareció una patrulla de caminos.

Nos sacaron de allí con un par de empujones dados a la parte trasera del Pinto por los dos policías más grandes y malencarados que yo había visto en mi vida. El más alto y malencarado de los dos le dio un papel rosa a Ángel, que en cuanto se marchó de ahí, fue a parar a la cajuelita de guantes, donde había un par de docenas idénticos al que acababa de poner en el sitio.

—¿Qué fue eso? —pregunté—. Si no hicimos nada.

—Sí hicimos —contestó Ángel—. Subimos a la nieve sin cadenas en las ruedas. Doscientos dólares.

—¡Mierda! Yo tengo dinero —dije.

—Nada. Olvídalo.

Y después de un rato de bajar en medio de los pinos y la nieve que con lentitud se iba esparciendo más y más, me atreví a preguntar sabiendo que la tocada de nieve fue la más cara del mundo.

—No piensas pagar las multas, ¿verdad?

—Pienso vender el coche.

Y ante la críptica aseveración que me dejó más frío incluso que el paisaje glacial que nos circundaba, me quedé callado mirando al frente el resto del camino.

Luego Shirley me contó que las multas en Albuquerque se ponían a los autos y no a los conductores.

—¿Cuántos coches lleva Ángel?

—Tres. —Y soltó una sonora y muy italiana carcajada. Shirley era grandota, con el pelo rubio oscuro y rizado, con dos pechos tan grandes como ella misma y una risa tan contagiosa que acabamos los dos a punto de perder el aliento, sentados en el antecomedor.

Entró Ángel que había ido a comprar *whisky*, y nos encontró despatarrados en las sillas.

—¿Qué?, ¿se volvió a morir Franco? —preguntó. Y ante su propio y surrealista chiste, se unió a nuestro coro de locos.

Esa tarde inauguramos una tradición que permanecería durante los próximos meses sin fallar: los tres fumábamos en el porche de la casa, ellos bebían *whisky* y yo una cerveza, y veíamos el larguísimo atardecer rosa, naranja, rojo profundo, morado, magenta, amarillo, carmesí, verde, la paleta de pintor de un loco maravilloso que hacía esplendoroso el desierto de Nuevo México, mientras sonaba el prodigioso saxofón de

Charlie Parker «Bird», en el tocadiscos de la casa, en tanto la noche caía sobre nosotros como un manto protector.

Allí aprendí cuán importante es escuchar en silencio cuando los pájaros cantan. Y también aprendí que el *jazz* se escucha, no se baila.

El paseo en bicicleta de todas las mañanas rumbo a la universidad era una delicia, sobre todo porque yo sabía lo que me esperaba en el destino: una clase magistral acerca de una de las mejores épocas de la poesía universal o una sorprendente película.

Quien programaba el cineclub era un genio.

Llegué como siempre directo por mi sándwich italiano; ese día tocaba *2001: odisea del espacio* de Stanley Kubric, y por supuesto, saludar a la rubiecita que leía como loca. No soporté la tentación.

—Hola, ¿tú sabes quién programa las películas?

—¿Por? —contestó un poco ofuscada.

Tal vez era la pregunta equivocada, o no lo sabía o le molestaba que su único huésped matutino quisiera saber un secreto universitario e inconfesable.

—Porque he visto solamente joyas y quería felicitar a quien las elige tan inteligentemente.

Y por primera vez en semanas, bajó el libro al regazo y me miró a los ojos. Estaba roja y no era por el sol. Ruborizada es más preciso.

—Gracias —dijo.

¡Era ella!

La chica que cuidaba la puerta del cine y leía un montón, era quien decidía qué se vería, qué vería yo durante mi estancia. Estuve a punto de besarla, pero me contuve porque el libro que traía en las manos era pesado, gordo y podría abrirme en segundos una brecha en la cabeza dura que tenía y sigo teniendo.

Empecé a tartamudear, como amerita en estos casos. Sin libro frente a los ojos, era todavía más bonita. Ojos verdes, dos, relampagueantes.

—No, no, gracias a ti. Éste es el mejor cine del mundo. Con los mejores sándwiches del mundo y la mejor programadora y lectora del mundo.

Se puso más roja, si cabe.

—Está por empezar. Y el principio es genial. No te lo pierdas.

—Me llamo Benito, soy de México y amo el cine.

—Sharon de Austin. ¡Entra!

Y lo dijo como una orden perentoria, como si en ello se me pudiera ir la vida.

Y tenía razón. Los diez primeros minutos de la película son alucinantes, la fotografía es alucinante, la música es alucinante. Cuando salí, dos horas con diecinueve minutos más tarde, con la cabeza dándome vueltas y los ojos repletos con asombro, Sharon de Austin ya no estaba.

¿No hubiera sido una magnífica manera de empezar una historia de amor?

En su lugar, un peludo pelirrojo mascaba chicle en la butaca alta y miraba al infinito.

—¿Sharon? —balbuceé buscándola inquieto con la mirada.

Y él señaló a un lugar indeterminado del vasto y vacío campus que estaba al otro lado de la sala de cine.

Ya la volvería a ver, seguro. O por lo menos en ello cifraba todas mis esperanzas, con fuerza.

Sharon sabía un montón de cine y de literatura (o por lo menos eso inferí). Ya la vería al día siguiente, seguro, sentada en su banquita leyendo un librote. Pero no fue así.

En cuanto me vio entrar al cine, el peludo salió de detrás de un enorme cartel, como un mago, y se puso a rebuscar en su mochila mientras me hacía la señal universal de «espérate un momento» con los dedos índice y el pulgar pegados firmemente.

Al fin, sacó del fondo de la mochila un sobre blanco y me lo tendió.

En letra azul manuscrita decía «Bendito».

Supuse que era yo.

Lo abrí y lo que encontré fue la programación de la sala de cine del mes, escrita a máquina. Y al final la firma: «S», de lo más sencilla, con un punto grande al final que no dejaba lugar a dudas.

Era de Sharon y yo era «Bendito». Había tres películas subrayadas con plumón rojo. *Vanishing Point* dirigida por Richard C. Sarafian, *Los 400 golpes* de François Truffaut y *Portero de noche* de Liliana Cavani.

¿Era una despedida?

Sí, pero también una señal. Las marcó en rojo para que no me las perdiera. Tal vez en ellas encontraría el mensaje oculto que la rubia me había dejado entrelíneas, entre fotogramas, entre mayonesa y salami y bologna.

Hablé con el peludo y me lo confirmó. Sharon regresó a su casa en Austin después de terminar su curso de verano. Había sido su último día. Y no dijo una palabra más.

El peludo no llevaba libro y ése (el sentarse en una butaca para cobrar) era un trabajo de verano, uno más; no creo ni siquiera que le gustara el cine. Y apestaba a marihuana a varios kilómetros a la redonda. No me importaba. No era lo mío.

Me entraron unas ganas inmensas de llorar.

Fui por mi sándwich italiano y mi refresco grande y me senté en el cine vacío. Ponían *Casablanca* de Michael Curtiz; esa película sobre amores imposibles. Una daga moruna en el puñetero corazón.

Regresé a casa mientras atardecía. Y contra todo pronóstico, comenzó a caer una ligera nevada. Sólo faltaba que me meara un perro.

—¿Nieve en verano? —pregunté a Shirley sentado en el porche mientras Charlie Parker desgranaba sus espectaculares improvisaciones.

—Sí, es raro, pero sucede a veces.

Y yo, Bendito por la literatura y el cine y la música y mis padres temporales, dejé caer un par de lágrimas inútiles en una nevada del desierto en pleno verano. Si lo cuento nadie me lo va a creer, pero es tan cierto como la desolación que en ese momento me invadía.

—*Snowing in the middle of the desert* —dije en voz alta. Querían que aprendiera inglés, ¿no?

—Suena a canción cursi de los Carpenters —respondió Shirley acompañando la frase con una carcajada.

Me fui a la cama imaginando la escena, riéndome yo también e imaginando a los Carpenters con sus abrigos de piel en una duna nevada.

Para olvidarlo, me llevé conmigo bajo el brazo *El reino de este mundo* de Alejo Carpentier, esa novela que sucede durante la revolución haitiana y en la que no nieva nunca. Prefiero a Carpentier que a los Carpenters. Por mucho, muchísimo.

Los sábados por la noche, siempre había fiesta.

Muy cerca de la ciudad se localiza la base militar aérea Kirtland y a sus alrededores hay cientos de casas de pilotos, mecánicos, militares y civiles que en ella trabajan o de ella viven.

Muchos de esos pilotos, de cazas y bombarderos, estuvieron antes destinados a la base de Torrejón de Ardoz, en las afueras de Madrid; y allí se casaron con mujeres españolas y tuvieron hijos que comparten las dos nacionalidades.

El caso es que Ángel fue invitado como orador a alguna de las reuniones que esas mujeres organizaron en un amplio salón de la base, para hablar sobre Antonio Machado, y todas, más de veinte, cayeron rendidas a los pies del poeta.

Y desde ese momento, se turnaban, sábado a sábado, para recibirlo en algunas de las casas dentro de los límites de la base y lo llenaban de tortillas de patata, croquetas, jamón serrano, chorizos y muy buenos vinos; todo ello traído hasta allí, sin escalas, desde Madrid gracias a los buenos servicios de la USAF.

Ángel toca la guitarra y canta boleros y viejas canciones españolas, incluido por ahí algún trozo de zarzuela con una gracia inigualable, y las veinte esposas de los veinte pilotos gringos se deshacen en suspiros.

Se baila y se jalea y se bebe con singular alegría y ellas recuperan un poco de su tierra y se divierten como locas.

Y siempre hay un muy serio sargento de la policía militar que lleva y trae a Ángel, a Shirley y a la guitarra en su estuche negro en un *jeep* verde y reluciente. Se van a las ocho de la noche y regresan al comenzar el día.

Yo estuve en varias de esas fiestas y puedo decir sin pena que no aprendí ni una sola palabra de inglés, pero que me sé un montón de coplas satíricas y mordaces que sigo cantando a la mínima oportunidad.

No volvimos a subir a las Montañas Sandía, pero sí visitamos Taos, donde conocí a los pueblos, la etnia originaria del lugar, y comimos su comida y vimos con respeto sus rituales ancestrales.

Así, entre fiestas, poemas, cine, Parker, se fue pasando el tiempo. Y el verano se alargó hasta casi el invierno.

Aprendí un montón, excepto inglés, que seguía siendo el mismo rudimentario que llevaba puesto al llegar a Nuevo México. Entonces decidí mi vocación: la poesía. Si había que ser como alguien, me gustaba que ese alguien fuera Ángel González.

Ya había demasiados Taibo en el territorio de la narrativa y ninguno en la poesía. Todo lo que fui, y por ende lo que soy, se lo debo a mis padres que me tuvieron una paciencia infinita y me supieron cobijar con letras y con amor.

Empezaba a enfriar. Principios de diciembre y yo estaba preparando las maletas para regresar a mi otra casa, a México.

Entró a la habitación el poeta, muy serio.

—¿Ahora qué hice? —dije lo más juguetonamente posible.

—Hay un policía en la puerta. Te buscan.

Me puse también yo muy serio y salí a enfrentar mi destino.

Era el ayudante de *sheriff* apellidado Chávez. Alto y moreno, con una pistola enorme al cinto que tenía por fuerza que dar miedo. Conocido de Ángel.

—¿Eres Benito?

—Sí, señor. A sus órdenes.

—¿Estuviste ayer en el zoológico del parque?

—No, señor. Estuve todo el día en la universidad y de allí vine directo a casa. ¿Por? —pregunté poniendo mi mejor cara de asombro.

—Alguien quitó el candado de la jaula del lobo y escapó.

—¡Qué barbaridad! —respondí.

—Profesor, ¿usted responde por él? —le preguntó a Ángel mientras me señalaba con el dedo.

—Sí —contestó el poeta.

Se dieron la mano y el oficial se marchó en su patrulla.

Tuve que dar muchas explicaciones acerca de Tom y los muchos ratos que pasé frente a su jaula. Y cómo, hacía unos días, por fin detuvo su obsesivo paseo y se me quedó mirando fijamente.

—Ya —dijo Ángel—. ¿Fuiste tú?

Lo miré con firmeza y no respondí. Me di la vuelta y me fui hacia la habitación. Sentí una palmada cómplice en la espalda.

Terminé las maletas y dije que iba a dar una vuelta. Me subí en la bicicleta y llegué hasta el enorme basurero del barrio. Debajo de la chamarra saqué los alicates que estaban en nuestro garaje y los tiré en la pila más grande de basura.

Me dejaron en el aeropuerto con una maleta extra que pesaba una barbaridad y que contenía un montón de encargos de mi madre.

Les agradecí lo mucho que habían hecho por mí y por mi educación sentimental en esos meses y los abracé con todas las fuerzas del mundo.

—Si Paco pregunta, le diré que aprendiste muchísimo inglés —dijo Ángel riéndose.

—*Yes, boss.*

Mucho tiempo después me llegó una carta de Shirley en la que me contaba que el lobo había sido visto en las Montañas Sandía junto a una manada, libre.

Escribí mucho en esos tiempos. Lo sigo haciendo. Añoro los atardeceres multicolores del desierto. Regresé con muchas certezas.

Pero la más importante de todas es que puedo afirmar, sin equivocarme ni un poco, que para los espíritus libres no hay jaulas suficientemente fuertes en el mundo.

Verano del 78

Gijón, Asturias, España

Como otro tiempo por la mar salada,
te va un río español de sangre roja,
de generosa sangre desbordada.

PEDRO GARFIAS

Cumplo años el 31 de mayo. Ya tengo dieciocho y una credencial oficial que así lo atestigua. Puedo entrar a los bares y a las películas para adultos. También puedo votar. Soy un adulto en términos legales, pero no estrictos.

Por dentro sigo siendo un adolescente que cree que el mundo es injusto y traidor. Que los sueños se deshacen en las manos si no eres lo suficientemente cuidadoso y los guardas y cuidas como el más preciado tesoro.

Entré a una nueva prepa y muy pronto llegó otro verano. Acompañé a mis padres a Gijón, su tierra natal, a comer chorizos a la sidra, centollos, tortillas de patata, queso manchego en cantidades industriales, a ver a los primos y los tíos, a pasear por el malecón que aquí llaman el Muro y que recibe en su seno al Cantábrico, ese mar furioso y frío. También fui a mis primeros bailes y a enamorarme de todas las chicas que se cruzaran en mi camino, a hacer nuevos amigos, a sorprenderme con que a las diez de la noche aún fuera de día, a acostumbrarme a que las sábanas estuvieran húmedas siempre.

Pero también, a ejecutar una venganza. Una que estaba en mi cabeza desde niño y que me atormentaba muchas noches.

Lo cuento.

Mi tío abuelo, Ignacio Lavilla, fue uno de los personajes más maravillosos y entrañables que tuve por fortuna en mi vida, hermano de mi abuela Elisa, la madre de mi padre, vivió junto con su mujer, Ángeles, con nosotros siempre. Vinieron en el barco Guadalupe con toda la familia e hicieron de México su hogar.

Tío, como lo llamábamos todos, era periodista, pintor clásico educado en la Real Academia de Bellas Artes de San Fernando de Madrid, melómano, lector, de modales suaves y cultura excepcional y dedicó gran parte de su vida a cuidarnos, protegernos, enseñarnos el mundo y sus maravillas.

Bajito, vestido siempre con un traje de tres piezas gris impecable, infaltable corbata, sombrero de ala ancha, caminaba resueltamente tomando mi mano para llevarme al cine por lejos que estuviera, al parque, a conciertos, a museos. Leía conmigo por las noches y se emocionaba con mis emociones.

Si soy quien soy, en gran medida se lo debo a Tío, los errores y defectos que tengo corrieron siempre por mi cuenta y riesgo.

No deseaba el mal a nadie, siempre estaba dispuesto a ayudar, a escuchar, a comprender sin juzgar. Un alma noble en todos los sentidos. De una paciencia infinita y una sabiduría proverbial.

Por las mañanas pintaba en su caballete y luego escribía con mucha calma y mesura, en una enorme Olivetti que aún conservo, un programa de radio sobre arte patrocinado por una cerillera. El dinero que ganaba se lo daba íntegro a mi madre, como su forma de cooperar para el sostén de la familia. Adoraba a su esposa y sin hijos, nos trataba como tales a nosotros. ¡Una maravilla en toda la extensión de la palabra!

En 1934 participó en la revolución que los mineros asturianos iniciaron por la abolición del sistema republicano y su sustitución por un régimen socialista. La huelga general hecha por los mineros fue reprimida y él con mi familia entera partieron al exilio, a Bruselas, Bélgica, apoyados por un sindicato de ese país. Pero volvieron un año más tarde, con la Segunda República española, que era mucho más cercana a sus ideales y las reivindicaciones pedidas por el pueblo. Un año después, el 18 de julio de 1936, comenzó la Guerra Civil con el levantamiento franquista y, por supuesto, se puso del lado de los republicanos.

Fue jefe de redacción del periódico Avance, un medio muy crítico. Y al triunfo de los sublevados y ante la ola de represión, pasó treinta y seis meses escondido en diversos lugares junto con mi abuelo Benito, que era Comisario Político del Partido Socialista, el padre de papá, pues sobre ellos pesaban condenas a muerte a pesar de no haber estado en ningún enfrentamiento sangriento.

Fueron finalmente capturados y enviados, el abuelo a la cárcel de Oviedo, la capital asturiana, y Tío al convento de las Adoratrices de Burgos, devenido prisión militar y comandado por un hombre terrible de apellido Roval.

Ese tal Roval torturó a Tío y le hizo dos simulacros de fusilamiento.

Pero Ignacio Lavilla no hablaba sobre eso, había olvidado y perdonado; lo que sé, lo sé por mi padre y por mi hermano mayor, y me resquemaba todos los días en las entrañas, no podía creer que alguien pudiera lastimar a una persona como él.

Desde que conocí los hechos a los once o doce años, juré que ese sanguinario personaje pagaría por lo que había hecho.

—Lo voy a buscar y lo voy a matar —le decía a Tío desde mi inconciencia mientras lo abrazaba con fuerza.

—No digas tonterías. Él no debe dormir por culpa de las pesadillas y nosotros, por el contrario, a pierna suelta porque nada debemos y a nadie le hemos hecho mal —respondía dulcemente. Y luego soltaba un «¡Olvídalo!» que no dejaba lugar a interpretaciones, poniéndose severo, cosa extraña en él.

Y ese verano de 1978 sería el tiempo de la revancha. Pero necesitaba un cómplice. Y tendría que buscarlo rápidamente.

Yo me quedé en casa de los tíos Pepe y Sara, en el barrio de los pescadores de Gijón. Un lugar maravilloso que tenía por vecinos a seres espectaculares y una vista directa al mar.

Mis padres, en un hotel en el centro. Y en una semana se irían a Barcelona, así que estaría solo todo el verano. Tiempo suficiente.

Lo primero que hice fue atiborrarme de sardinas asadas y sidra escanciada. A pesar de tener el documento que me acreditaba como mayor de edad, en ninguno de los bares del puerto alguien me la pidió.

Hacía casi tres años que había muerto el dictador y los aires de libertad que se respiraban en España la habían vuelto más laxa en todos los sentidos. «La Movida» lo llamaban, es como si de repente todos se dieran cuenta que podían hacer lo que quisieran y que habían vivido durante cuarenta años en una especie de marasmo, de pantano del que no se podía salir. Las faldas se habían acortado sensiblemente y los jóvenes bebían y bailaban hasta el amanecer, sabiendo que estaban seguros y que por fin se habían emancipado.

Había una discoteca llamada El Jardín, justo eso, un enorme jardín donde adolescentes se reunían y, con la música a tope, los besos y los abrazos se daban sin recato. Un lugar encantador.

Allí llegué la segunda noche. A todo volumen se oía por las bocinas «El vals de las mariposas» del cantautor asturiano Danny Daniel, que se había vuelto una especie de himno para los chicos. La entrada costaba cien pesetas, algo así como veinte pesos, y las copas doscientas. Al cambio yo era poco menos que un rico de ultramar. Estaba el sitio a reventar de muchachas guapas y de tímidos chicos que las veían bailar entre ellas.

Me puse en una esquina con una copa en la mano y un cigarrillo en la otra, en plan agente secreto, pero con mezclilla y tenis blancos, y esperé a que el destino me sonriera.

Y el destino, ese gran compañero, lo hizo de inmediato.

Un par de chicas se me acercaron. Era el nuevo. Tenían curiosidad.

—¿De dónde *yes* (eres)? —preguntó la morena, que se llamaba Soledad.

—Mexicano —respondí con mi mejor acento mexicano.

—¡Mexicano! Pancho Villa.

Sus referencias venían de las películas que veían en la tele.

—Prefiero a Zapata.

—¿Zapata? —dijo la pelirroja, Lucía.

No era momento de dar una clase de historia de mi país.

—¿Ustedes? —reviré.

—De aquí. Bueno, de Avilés, y Soledad *ye* de Cimadevilla.

—¡Era vecina! Un punto extra para la morena.

—Qué bien —aseguré tontamente. Estas conversaciones insulsas sirven tan sólo para romper el hielo—. ¿Quieren beber algo?

—¡Un calimocho! —respondieron al unísono.

¿Qué diablos es un calimocho?

Me acerqué al bar y pedí tres; vino tinto con refresco de cola, una cochinada.

Y de repente, al darles las bebidas, unas manos me cubrieron los ojos desde la espalda. No tenía idea de quién podía ser. No me lo esperaba.

—¿Pancho Villa? —dije.

Y sonaron tres carcajadas.

Me soltó, volteé y vi a un muchacho más o menos de mi edad, pero con la barba más cerrada, yo lampiño irredento. No lo reconocí. Me miraba esperando algo, una respuesta.

—¡Soy Julio, coño!

Y mi cerebro empezó a trabajar furiosamente intentando dar con una clave.

Poco a poco se fueron desvaneciendo las tinieblas. Julio, el sobrino de una amiga de mi tía Sara, del mismo barrio. Habíamos compartido algunos veranos siendo niños y le había perdido la pista. Lo recordaba burlón, echado pa'lante, divertido, imaginativo.

Me dio un abrazo que casi me rompe la espalda. Y me dio un gusto inmenso no seguir tan perdido como lo estaba hasta unos segundos antes. Allí se encontraba, frente a mí, compacto y risueño, el cómplice que tanto anhelaba.

De esa noche recuerdo muy poco, pero muchos calimochos. Sé que Julio y yo vomitamos en la playa al amanecer, bajo la escalera número tres y la bandera chilena ondeando en lo alto azotada por el viento helado del Cantábrico.

Todo el muro estaba lleno de banderas de muchos países, una cada diez o doce metros. La mexicana cerca de la gran escalera central, La Escalerona; aquí les da por las palabras grandes; tienen un estadio por ejemplo, al que llaman El Molinón. Reconocí casi el resto de los lábaros patrios y fui diciendo en voz alta los nombres de los países (seguro inventé alguno pero daba lo mismo). Quedamos de vernos esa noche en el mismo lugar y sin las bebidas terribles que todavía recuerdo con asco. Jamás volví a probar una.

Dormí toda la mañana revolviéndome en cuanto aparecía la cara del comandante en mis sueños. O más bien la idea de la cara del comandante porque no lo había visto nunca. Ojos negros y penetrantes, bigotito hitleriano, pelo «a cepillo», uniforme militar de color gris, labios delgados y malévolos, orejas puntiagudas. La cara de un maldito.

La tía Sara me despertó a las tres. Me dio una fabada maravillosa y atún con tomate y patatas (entendí dónde había aprendido a cocinar mi madre), y habló durante cuarenta y cinco minutos sobre los inmensos peligros que trae consigo la bebida sin control. Prometí mesurarme, mientras del otro lado de la mesa el tío Pepe sólo reía por lo bajo. Había sido, entre otras cosas, árbitro de futbol, trabajador de la compañía eléctrica y como no podía quedarse quieto, también proyeccionista del cine Brisamar a un par de cuadras de su casa en el barrio de Cimadevilla (Cimavilla para los lugareños); un lugar maravilloso donde él ponía películas en sus versiones originales subtituladas en un país donde todo estaba doblado al «español de España», como decía mi hermano Carlos.

El Brisamar se especializaba en cintas de arte y ensayo, y a partir del «destape» y La Movida estaba siempre lleno de cinéfilos a los que la dictadura sólo les había dejado ver lo que a ella se le antojaba; eso quiere decir filmes que no atentaran contra la moral y las buenas costumbres; «su» moral y «sus» buenas costumbres. Léase: mal cine.

Esa misma tarde lo acompañé, y desde la cabina de proyección tuve el inmenso privilegio de ver *Taxi driver* de Martin Scorsese, con un Robert de Niro espectacular y una jovencísima Jodie Foster que entraba por la puerta grande a ese mundo.

Amé a Scorsese (lo sigo haciendo), amé a De Niro y su enloquecida interpretación, amé la penumbra del Brisamar, el agujero desde donde, en una butaca alta, pude presenciar el milagro laico de asomarse a la vida, la intimidad y los sueños de otros y hacerlos propios, y sobre todo amé al tío Pepe que tenía, a mi parecer, el mejor trabajo del mundo. Además me dio refresco y palomitas gratis, por si pareciera poco la maravilla que estaba viendo desde ese lugar privilegiado y fantástico.

El cine me encontraba y me tomaba por asalto allí donde estuviera, sin pretextos. Igual que los libros y la música. Eso soy, de eso estoy hecho.

Cuando muchos años después vi *Cinema Paradiso* de Giuseppe Tornatore, y observé cómo el niño Toto comienza a trabajar con el proyeccionista de su pequeño pueblo italiano, no dejé de llorar toda la película; primero por lo conmovedora que es, y segundo porque yo veía a tío Pepe y al Brisamar y a mí mismo, mayorcito, en aquellos gloriosos días.

Y como bien dice Luis Eduardo Aute, «Los sueños, cine son». Y sin duda, los de celuloide son los sueños que yo quiero soñar todos los días.

Salí del cine feliz; ese loco taxista «vengador», con su peculiar estilo, me había dado más ganas de hacer esa justicia que llevaba ya tantos años aplazada.

Cené en la casa de Pepe y Sara, pulpos con patatas; juré beber moderadamente de allí en adelante, y me encaminé hacia El jardín, en el barrio de Somió, a unos dos kilómetros de paseo por el Muro.

Julio estaba en la puerta, esperándome con otro abrazo demoledor de costillas. Lo invité y esa vez no pedimos calimochos. Ron con Coca-Cola, servidos con una generosidad asesina.

Fumando en una de las pérgolas exteriores y después de dos cubas, comencé a sondearlo.

—¿Tú qué harías si alguien torturara a tu abuelo?

—Mi abuelo murió en la guerra —contestó

—Bueno, a tu padre, por ejemplo.

—¡Lo mataría!

Y ésa era la respuesta que necesitaba.

—Julio, ¿has oído hablar del comandante Roval?

—Ni puñetera idea. No, nunca.

—¿Te suena el apellido?

—Ay, amigo, soy malísimo para los nombres y los apellidos. Espera un momentín. —(Olvidé decir que a los asturianos también se les dan mucho los diminutivos, sobre todo los cariñosos). Y se levantó rumbo al bar principal.

Volvió al poco tiempo con la guía telefónica en la mano. Me la tendió.

Había tres personas con ese apellido. Anoté los teléfonos en una servilleta que me guardé en la bolsa trasera del pantalón de mezclilla.

—¿Para qué lo buscas? —preguntó Julio curioso.

—Ya lo sabrás. —Y me fui a meter a la marea de personas que bailaban, disfrutando su recientemente adquirida libertad.

A lo lejos vi a Soledad. Sola.

A empujones, logré acercarme.

—¡Villa! —exclamó con una enorme sonrisa.

—¡Chole! —contesté. Si yo tenía nombre de revolucionario, ella podría tener el de una soldadera.

Nos carcajeamos como dos niños.

Le ofrecí algo de beber que no fuera un calimocho, y ella muy valiente pidió un gin and tonic. Como los servían en El jardín, con tres, podrías haber entrado en coma etílico sin transición.

Bailamos. Separados y juntos. Yo no sabía que se podía bailar a Bob Dylan, pero se puede.

Sobre la una de la mañana nos besamos. Y a las dos en punto la dejé en el portal de su edificio, a menos de cien metros de donde yo vivía. ¡Destino bienhechor! Quedamos de comer al día siguiente sardinas asadas en El Planeta, las mejores del mundo.

Era hora de encontrarnos de día, para ver si la luz del sol no nos derretía como a los vampiros.

Despertė a las once, estaba de vacaciones. Tía Sara me dijo que el *sobrín* (sobrino, también los asturianos se comen las últimas letras de algunas palabras) de su amiga estaba en el bar de la esquina, esperándome.

Me bañé, vestí, hice mi cama (ante la aprobadora mirada de la tía) y me fui a ver a Julio, que en cuanto me vio entrar pidió dos cañas de cerveza y unos pinchos de tortilla de patata.

Sentados en una mesa, me encaró.

—¿Vas a *contame* de una puñetera vez?

Y le conté. Todo.

De vez en cuando soltaba un «¡joder!» o unas «¡hostias!», y resoplaba como un toro. Al final me preguntó.

—¿Y cómo lo vas a matar? ¿Pistola, cuerda, cuchillo, golpe con una rama de manzano —broma asturiana—, veneno?

Y no lo sabía. En mi cabeza no había llegado hasta ese momento. En esencia no me gustaba, ni me gusta, la sangre y rehuí siempre las peleas a golpes durante mis años escolares. Ni siquiera estaba seguro de poder matar a alguien. Más bien estaba seguro de no poder hacerlo. En mi casa jamás hubo un arma y mis padres eran fervientes creyentes de la paz a toda costa.

Una vez de niño maté a una ardilla de una pedrada, pensando que no le daría y no había dormido en paz por muchas noches.

Pero matar a un hombre era cosa muy seria. Cosa que pasaba en las películas y que parecía ser lo más fácil del mundo. Pero sin duda no lo era.

—Llamé a los Roval de la guía. Nada. Incluso cuando le pregunté a una señora si conocía al comandante, me dijo que ésa era una casa decente y *colgome* —explicó Julio dando un largo trago a su cerveza.

Eso quería decir que no estaba en Gijón y yo sólo tenía tres semanas por delante y unas ganas locas de ver a Soledad y olvidarme de todo.

—Tengo una pistola. Era de mi abuelo minero. De la Revolución del 34. No sé si funcione. ¿La *quies*? —agregó Julio tomándome la mano.

—Sí. Gracias. —El destino no era tan bienhechor como parecía a simple vista. Te empuja sin que tú te des cuenta hasta el borde mismo del precipicio y de repente no hay forma de dar marcha atrás.

—¿Quieres venir con Soledad y conmigo a comer a El Planeta? Yo invito.

—¿Va la *roxa*?

—¿Quién?

—La amiga de Avilés. La pelirroja.

—No, mano, creo que se fue para su casa —contesté mientras me metía un trozo de tortilla de patata en la boca.

—Mierda, mano —dijo imitando mi acento chilango.

Y nos carcajeamos mientras los parroquianos del bar nos miraban como a dos locos furiosos que habían escapado del manicomio.

La siguiente semana fue una sucesión maravillosa de comidas, bailes, playa, días de campo y mucho cine. El Brisamar estrenaba una película todos los días y Soledad, Julio y yo entrábamos gratis a mirar al mundo desde esa sala de cine. Poco a poco se me fue quitando de la cabeza la imagen maligna del comandante y mis ansias de venganza. Le hice jurar a Julio que no diría ni una sola palabra sobre el tema, y a Soledad se lo conté todo una mañana que veníamos paseando por la playa.

—¿*Quies encontralu*? —me preguntó muy asturianamente.

Lo dudé un instante y al final dije que sí con la cabeza. Y ella me tomó de la mano. Nos quitamos la arena de los pies y me llevó por unas cuantas calles hasta un edificio grande y gris. La miré interrogándola.

—Allí están todas las guías de teléfono de España. —Y señaló al interior del edificio que en ese momento me pareció, más que otra cosa, la boca de un lobo. Si entraba, no habría manera de escapar a mi destino.

Lo dudé unos segundos y traspasamos ese umbral que olía a lejía y a papeles viejos.

Fueron dos mañanas enteras de búsqueda. Fue Soledad quien dio con la clave final en el edificio de la Telefónica.

—¿No me dijiste que había sido en Burgos? —interrogó.

—Sí.

—Pues Burgos. —Y regresó con el listín telefónico de esa ciudad de la que yo sólo sabía que allí estaba enterrado el Cid Campeador.

Tres Roval.

Desde una de las cabinas telefónicas llamé al primer número. Tardaron segundos interminables en contestar. Una mujer.

—¿El comandante Roval, por favor?

—Coronel —aclaró de inmediato. Había ascendido torturando y haciendo simulacros de fusilamiento.

—¿Agustín Roval? —insistí.

—Sí, sí, mi tío. Dígame.

—¿Está él?

—¿Quién llama?

No estaba preparado. Lo primero es que tenía que hablar

como español y tener lista una fachada. Valiente vengador de mierda que era yo.

Dudé unos segundos. Tomé aire.

—Me llamo Luis Mendoza. Soy del periódico *Faro de Vigo*. Estamos haciendo una crónica sobre la guerra y queríamos hablar con él. ¿Está?

Los periódicos desarman las previsiones de las personas.

—Uy, qué pena. Desde hace seis meses vive en una residencia en las afueras de Burgos. Horizontes se llama. Déjeme un número y nos comunicamos con usted.

—No se preocupe. Vale. Muchas gracias.

Colgué y me di cuenta de que el auricular estaba empapado con mi sudor.

Se lo conté a Soledad mientras me secaba con la camiseta.

No entendí el término residencia hasta que ella me lo aclaró. Un asilo de ancianos. Un eufemismo.

En dos minutos teníamos la dirección.

—¿Qué tan lejos está Burgos? —pregunté.

—En tren, unas seis o siete horas.

—Joder. —Mis padres regresaban en una semana y de aquí nos iríamos a París. Me quedaba muy poco tiempo.

Esa misma noche en El jardín, mientras Gloria Gaynor se desgañitaba afirmando en primera persona que sobreviviría pasara lo que pasara, y los asturianos saltaban y brindaban con ella; en una esquina dos muchachos y una muchacha conspiraban en voz baja, aunque nadie pudiera oírlos por el escándalo circundante.

—*Ye* —«es», en asturiano— una locura ir y volver el mismo día —dijo Julio.

—Yo te acompaño —afirmó resuelta Soledad.

—¡Claro que no! Ya bastante miedo tengo como para además meterte a ti en un problema que ni siquiera mereces.

Hizo un mohín de disgusto que la hizo ver todavía más guapa.

—Si sales en el tren de las doce de la noche de mañana, estarás sobre las siete en Burgos —hizo cálculos Julio.

—Así será —respondí resuelto y evitando que vieran mis amigos cómo me temblaban las rodillas.

A Pepe y Sara les conté que me iría con colegas a Cudillero (un precioso pequeño puerto pesquero, cuatro «pes» que podrían bien ser un sistema para recomendar a turistas destinos maravillosos) y que volvería al día siguiente. Por fortuna no hicieron muchas más preguntas. En una mochila puse el libro que leía (*Rayuela* de Julio Cortázar), mi *walkman* con sólo dos casetes: *Los éxitos de Gato Pérez*, rumba catalana marchosa, y *Espuma* de Luis Eduardo Aute.

Nos vimos a las once de la noche en la estación de trenes de Gijón. Compré el boleto de ida a las doce y el de regreso a las doce del día. Tendría poco menos de cuatro horas para cumplir mi cometido y regresar.

Julio me puso en la mochila, no la vi ni la toqué, la pistola envuelta en un trapo rojo que olía a aceite. Jamás había disparado una, no sabía si tenía seguro. Una auténtica receta para el desastre.

Y desde la ventanilla dije adiós con la mano, muy sobriamente, como en las películas. Le pedí a Soledad que no fuera, pero Julio me dio un papelito doblado en cuatro que ella le dio para mí y que abrí en cuanto el tren se puso en marcha y que decía «¡Suerte, Villa!».

Estaba cagado de miedo.

Pasé la noche entera en vela pensando en el encuentro que me esperaba, viendo las luces de los pueblos por los que íbamos pasando y pensaba que eso de la venganza necesita un temple especial del cual, por lo visto, yo carecía.

Cada vez que cabeceaba, el comandante vestido de militar me miraba de frente, con unas brasas rojas de odio en los ojos y los labios delgados temblándole; yo escupía a sus pies y le apuntaba con la pistola en el centro del pecho. Y luego, salía de la residencia caminando con calma y tiraba la pistola en el primer río que cruzaba mi camino.

Sonaba a toda madre, pero era demasiado bueno para ser verdad.

Llegué a Burgos a las 6:50. Caminé hacia el centro de la ciudad y desayuné unos panes con mantequilla y mermelada y un café con leche. Tres minutos después vomité todo en el baño del cafetín.

Me atreví a sacar la pistola y verla por primera vez. Era negra, pequeña, lustrosa, marca Star. La envolví muy rápido y salí a la calle con la boca sabiéndome a demonios.

Horizontes quedaba en las afueras de la ciudad. Cogí un taxi y pedí que me dejara a un par de manzanas.

El taxista quería saber todo y yo no quería decir nada. Cuanto menos hablara, pasaría, según yo, más inadvertido.

Pero en cuanto abrí la boca para decir la dirección, el taxista dijo:

—¡Aaah, mexicano!

—Peruano. De Lima —mentí.

—Qué raro. Tengo familia en Callao y no suenan como tú.

—Es que emigramos de Costa Rica.

—¿De qué parte?

—Del centro. —No conocía Costa Rica y no tenía la más pálida idea.

«Mierda», pensé, «ni siquiera puedo hacerme pasar por un peruano decente de familia "Tica"».

Ya no insistía, pero cada tanto me miraba por el espejo retrovisor.

De regreso intentaría hablar argentino, como Cortázar.

Me imaginaba la escena en el precinto de policía, con el taxista declarando: «Sí, mexicano que se quería hacer pasar por peruano y luego por costarricense. Con gafas de arillo, pelo ensortijado, ojos marrones claros, lampiño; pantalones de mezclilla azules, camisa blanca, tenis negros; con una mochila azul que dentro llevaba un libro (creo que de un sudamericano), un *walkman*, dos casetes y una pistola Star belga, cargada. Aaah, y había vomitado hacía muy poco».

Lo único que me faltaba era que le enseñara mi pasaporte. Iba dejando huellas inequívocas a cada paso que daba. La policía tardaría tres minutos en dar conmigo y meterme a la cárcel para siempre. Una cárcel oscura y húmeda donde sólo metían a los asesinos más pendejos del mundo.

Me preguntó mi nombre.

—Horacio Oliveira —respondí. El personaje de *Rayuela*.

—No suena a peruano —afirmó el cabrón taxista.

¿Quién era?, ¿el Sherlock Holmes de Burgos?

Saqué un cigarrillo y se lo enseñé por el retrovisor.

—Fuma, fuma —dijo—. Son tus pulmones.

Me dejó a un par de cuadras de la residencia. No le di una peseta de propina.

Me tuve que sentar en una bardita para intentar recomponerme. Ya no sólo me temblaban las piernas sino todo el cuerpo.

Eran las nueve de la mañana. En la esquina había un bar; en España, en cada esquina hay un bar. Entré y pedí una cuba. ¡Otra pista, imbécil!

En las películas se beben un coñac para darse valor. No me gusta el coñac.

Me lo bebí de tres tragos, mirando a la barra sin levantar nunca la cabeza. Salí de allí un poco mareado.

Y caminé hasta Horizontes. Una casa palaciega con un patio enfrente y unas escaleras de mármol con dos leones, de mármol también, dormidos a los lados en el descanso. En la puerta había una placa de bronce que decía «Casa de retiro» y debajo, grabado en rojo, el yugo y las flechas, símbolo de los falangistas. Me iba a meter en la boca de los leones.

Toqué la campanilla y apareció una enfermera grande y rubia, vestida de blanco con cofia, salida directamente de una película de la Segunda Guerra Mundial.

—¿Dígame? —Y me miró de arriba abajo.

—Vengo a ver a Agustín Roval.

—¿Pariente?

—Lejano. Vengo de Paraguay. —A ver si ésa pegaba.

—Pase, pase.

Y la seguí por las escaleras, convencido que los leones me miraron con hambre al subir.

Pasamos por un recibidor que parecía más bien un museo: mesitas ratonas, candelabros centelleantes, cuadros de cacería, naturalezas muertas, un par de armaduras con su espada en ristre y todo. Y en el comedor, que tan sólo pude atisbar, un cuadro del dictador. Al fondo una puerta de cristales y detrás de ella, el verdor.

Me señaló justo hacia allí.

—Está en el jardín. Bajo el olmo que le gusta.

Yo no podría distinguir un olmo de un pino o un oyamel, pero no debía ser difícil.

Al salir vi una extensa propiedad llena de hortensias azules y rosas rojas, romero y lavanda por todas partes, caminos de piedra blanca y pequeña, y al fondo, un olmo enorme (ahora lo sé) y debajo de él, dándome la espalda, sentado en una silla de ruedas, un hombre con una boina en la cabeza.

Ella lo señaló.

—Allí lo tiene. Tenga paciencia —me dijo crípticamente.

No había nadie más en ese prado.

Caminé, temblando. Hacía un poco de viento y sin embargo yo sudaba a mares. Metí la mano a la mochila y cogí la pistola, me la puse debajo de la camisa.

Llegué a su espalda. Era delgadísimo y encorvado.

—¿Agustín Roval? —pregunté en voz alta. Y el hombre no se movió un ápice. Tan sólo un rítmico meneo de cabeza casi imperceptible.

Di dos pasos y me puse frente a él, con la mano en la cacha de la pistola debajo de mi camisa.

—Vengo a cobrar una deuda. Por Ignacio Lavilla.

Y entonces lo vi. Con la mirada extraviada. En los huesos, con una barba de dos semanas. Un chorro de saliva le escurría de la boca y olía a mierda. Literalmente. No se parecía en lo más mínimo al que yo había visto tantas veces en mis sueños y en mis pesadillas. Era un despojo humano.

Me quedé paralizado. Le temblaban a él las manos más que a mí las piernas.

Quité la mano de la pistola que seguía en mi cinturón, oculta por la camisa.

Por el camino vi venir a otra enfermera, ésta morena y más delgada pero sacada de la misma película, directamente hacia nosotros.

—¡Hola! —me saludó con alegría.

—Hola. ¿Qué le pasa? —y señalé al viejo.

—¿No lo sabía? Lo siento. Un derrame cerebral hace quince años. Los parientes lo dejaron aquí y no lo visita nadie. Usted es el primero en todo este tiempo. —Hizo un gesto de desagrado con la nariz—. Ay, don Agustín, que se ha cagado. Me lo llevo a limpiar. Si quiere espere aquí. No tardo —me explicó y empezó a empujar la silla de ruedas hacia el edificio.

En cuanto se dieron la vuelta, escupí en el suelo y guardé la pistola en la mochila. Respiré hondo y aliviado por primera vez en mucho tiempo.

Llegué a Gijón a las siete. Le devolví a Julio la pistola y abracé muy fuerte a Soledad, echándome a llorar como un niño.

Al oído ella me preguntó:

—¿Lo hiciste, Villa?

—La vida lo hizo —respondí en su oído y aproveché para besarla.

Pasamos la siguiente semana de fiesta en fiesta, recorriendo las romerías de los pueblos cercanos, escanciando sidra y comiendo bollos preñaos (panes rellenos de chorizo). Ninguno de los dos me preguntó nada. Fueron de una discreción impresionante. No habrá en el mundo mejores cómplices que ellos, me queda claro.

Tan claro como que nunca volveré a intentar ejecutar una venganza de ninguna clase; mi talante y mi forma de ser no dan para ello.

Mi última noche en El jardín fue espectacular. No me cobraron en la entrada (gracias a alguna movida de Julio) y todas las copas que pedí siempre fueron con el cincuenta por ciento de descuento.

Bailamos, gritamos, celebramos la vida y el estar vivos.

Ahora, a la distancia, recuerdo esos días como luminosos y también angustiantes. ¿Qué carajo tenía yo en la cabeza? Ganas de hacer justicia, por supuesto, pero también una ingenuidad que rayaba en la estupidez.

Nunca volví a tener una pistola entre las manos y llevo más de treinta años sin beber, será que ya bebí lo de las próximas tres reencarnaciones.

Roval murió a los pocos días de mi visita.

El Brisamar desapareció.

Tío vivió dos años más. Murió dormido, en su cama. «La muerte de los justos» le llaman, lo extraño todos los días.

Nunca volví a ver a Julio. Me contaron que se fue a vivir a Francia y le perdí la pista, lo cual lamento enormemente.

Soledad y yo nos escribimos, durante un año, apasionadas cartas de amor, cursis y sinceras. La siguiente vez que fui a Gijón, cinco o seis años después, ella estaba casada.

Siempre comenzaba sus misivas con un «Querido Villa...».

Verano del 2020

Magdalena Contreras, Ciudad de México,
(Sueños y pesadillas)

La plaga no está hecha a la medida
del hombre, por lo tanto el hombre
dice que la plaga es irreal, es un
mal sueño que tiene que pasar.

La peste, Albert Camus

Ya es julio. Llevamos más de cuatro meses encerrados en casa por la pandemia del coronavirus. Aquí estamos Imelda, Moro, nuestro labrador color chocolate, y Bro, un *jack russell terrier* que tiene al demonio metido dentro, pero que es adorable, pese a sí mismo.

Las noticias son todos los días más y más alarmantes. Y no parece que esto tenga visos de arreglarse pronto. Se cuentan montones de rumores y no hay forma de discernir la verdad en medio de la cantidad de palabras que todos los días se desbordan en la radio y la televisión. Lo único que sí está claro es que la gente está muriendo y que el bicho se propaga a una velocidad impresionante.

Nosotros, Imelda y yo, tenemos sin duda mucha suerte. Poseemos una casa con jardín y por ello no estamos encerrados, como muchos, entre cuatro paredes. Me he montado una mesa en la terracita y allí escribo todas las mañanas muy temprano. El resto del día se pasa en solucionar las cosas mínimas de la vida cotidiana y trabajar como locos en línea, porque la UNAM, donde los dos colaboramos, decidió protegernos a todos y permitirnos hacer trabajo remoto. A veces se pasa el tiempo como un suspiro y seguimos frente a las computadoras a muy altas horas de la noche.

Mi cumpleaños número sesenta fue celebrado con una reunión a través de Zoom (ese invento magnífico que nos permite vernos, estemos donde estemos, con los que queremos), y fue divertido, inquietante y sin duda muy raro. Éramos unos treinta, y más que fiesta, fue la manera de constatar que seguíamos allí, mal que bien, y que no ha podido vencernos la peste.

Nos reímos, aunque no hubiera motivos para hacerlo, nos besamos y abrazamos virtualmente, y poco a poco nos fuimos desconectando para poder pedir el súper, pagar el gas y la electricidad en línea, hacer las camas, mandar la última versión del trabajo e intentar, dentro de la absoluta y absurda anormalidad, darle un sentido de normalidad a nuestras vidas.

Teníamos un viaje pagado este verano a Costa Rica, con los sobrinos, y por supuesto fue cancelado. No parece que esto se acabe pronto.

Yo, que no creo en dioses ni en demonios, me aferro a la única fe que profeso y que tiene que ver con la ciencia y con su inmenso poder para solucionar el tema. Aunque jamás nos habíamos enfrentado a un apocalipsis como éste.

Leí una frase de Yuval Noah Harari, el historiador israelí autor de *Sapiens. De animales a dioses* y la repito como un mantra; es mi propia interpretación, no es literal: «No es el siglo XIV. No es la peste bubónica. Y la ciencia está allí para sacarnos del problema». Eso. La ciencia, que avanza rápidamente para encontrar una vacuna.

Mientras tanto, intentamos acomodarnos en medio del desastre y hacer que los días pasen de la mejor manera posible, en lo que eso sucede.

Leemos mucho, vemos muchas series de televisión (Netflix, otro gran invento), cocinamos y limpiamos como locos. Y también sueño con otros tiempos sin dudar mucho más dulces. Sueños y recuerdos.

Por ejemplo, recuerdo muy bien ese viaje que hice de mochilero por una parte de Europa; muchos que fuimos privilegiados lo hicimos, y se podía con un poco de esfuerzo, ahora no. Yo lo hice ahorrando durante un año todos mis sueldos como asistente de redacción en una revista y gracias a la beca de mis padres que incluía casa, comida y ciertos gastos menores, como dinero para fiestas. Así lo pude lograr.

Existía, y creo que aún existe, un boleto para estudiantes muy barato que te permitía tomar durante treinta días todos los trenes que pudieras. Viajaba en segunda, de noche, y dormía entre dos asientos vacíos para ahorrar en hospedaje y visitar el mayor número de lugares. El caso es que viajé, comí bastante bien y conocí a un montón de personas maravillosas y generosas que hicieron que todo fuera, literalmente, sobre ruedas. Un viaje fantástico y esclarecedor.

Al fondo de mi mochila a la tercera o cuarta noche de viaje, encontré un libro. Ya había leído el que llevaba y que pretendía cambiar por otro a la mínima oportunidad en alguna librería de viejo. Mi padre lo había puesto con tanto cuidado que no me enteré hasta que buceé dentro, en un andén de quién sabe qué lugar, buscando un encendedor.

Era un texto que en sí mismo fue un mensaje y un presagio: *Extraños en un tren* de Patricia Highsmith.

No los conocía, ni al libro ni a la autora. Y tuve el enorme privilegio de hacerlo.

Bruno y Guy, los protagonistas, se conocen en un tren y charlando mientras viajan, sentados uno frente al otro en el comedor, comienzan a maquinar un doble asesinato. No diré más para no estropearlo, pero sí que no dormí las siguientes dos noches leyéndolo. Con un prosa envolvente y tan clara como el agua, la señora Highsmith te mete en el tren y entre los personajes mientras avanza, inteligente y cerebralmente, envolviéndote como una medusa a su presa.

A la mitad me fui al comedor, porque mi vagón estaba vacío y me empecé a poner bastante nervioso. A algunas mesas de mi asiento, bebiendo café, dos hombres hablaban en secreto y fumaban como chimeneas. No había nadie más. ¡Eran ellos!

Fui al baño, sonriendo como un idiota, e intenté escuchar algunas de las palabras que decían. Pasé tres veces. Y las tres, al acercarme, se quedaban callados y me miraban de soslayo soltando humo denso y acre por la boca. Tenían ojos maléficos, lo juro.

Cruzamos una frontera sobre las tres de la mañana. Ni siquiera recuerdo cuál, y se subieron dos policías a revisar nuestros papeles. Y entonces pude escuchar por fin las voces mientras mostraban sus pasaportes. Hablaban en algún idioma que podía ser checo, polaco o ruso.

Todavía existía la Unión Soviética y en mi cabeza pasaron de ser simples criminales poniéndose de acuerdo, a convertirse en dos potenciales y peligrosos espías.

Los policías bajaron y ellos siguieron hablando en susurros mientras la locomotora se calentaba y comenzaba a mover los vagones.

Las palabras del libro se fueron desvaneciendo mientras sentía cómo me miraban de tanto en tanto, cada vez con más insistencia. Yo temblaba, a pesar de que no hacía frío en ese verano particularmente cálido.

De repente uno de ellos se levantó y vino directo hacia mí, con mirada amenazadora. En ese momento pasamos por un túnel y las luces se apagaron; el tipo se quedó frente a mí en la penumbra. Podía ver su silueta inmensa. Vi que abría su gabardina, donde seguramente tendría una pistola con silenciador para liquidarme sin hacer ruido. Yo, que soy ateo, incluso recé, mal y en silencio, lo poco que recordaba del padrenuestro.

Las luces volvieron y el tipo se abrió de golpe la gabardina. Cerré los ojos haciendo mi última oración, ya laica, y esperando que no fuera muy doloroso el final de mis días.

—*Ruski?* —preguntó. Y sentí el vaho de ajos y tabaco que salía de su boca.

—*Mexican* —contesté cagado del susto.

—¡Ahhh! —exclamó jocoso y amigable—. ¡Tequila!

Abrí los ojos lentamente al oír la palabra mágica. Dentro de la gabardina traía un montón de relojes colgados con seguros como si fuera una vitrina.

—¡Barato, barato! Diez dólar. *Ruski.*

Eran relojes de chapa de metal del ejército soviético con su hoz y martillo grabados en la contracara.

Ni lo dudé. Diez dólares era muy poco por el precio de mi incipiente vida.

Se fue sonriendo con sus diez dólares y yo volví, con las rodillas chocando entre ellas, hasta mi vagón, con la espina dorsal erizada.

Tengo el reloj, que me hace sonreír cada vez que lo veo. Y el recuerdo de esas letras penetrantes e intensas que me acompañan desde siempre. Al levantarme en casa, en Contreras, me fui a la biblioteca a buscar el libro de doña Highsmith y no lo encontré por ningún lado. Ya lo buscaré con calma.

Estoy encerrado con la mujer de mi vida. Eso, en otras condiciones, sería una especie de buen sueño. Durante la vida cotidiana (la otra vida cotidiana, la de antes de la pandemia) hubiera sido maravilloso. Nos gustaba estar en casa, yo pasaba muchas horas escribiendo, y nos gustaba también el cine y la lectura. Pero la incertidumbre de estos nuevos y feroces tiempos tiene una enorme garra sobre nosotros dispuesta a dar un zarpazo mortal en cualquier momento.

Pero vamos adaptándonos. Sin otra posibilidad que intentar sobrevivir. Me he vuelto un experto en fregar pisos. Con ritmo y cadencia.

Otro gran descubrimiento fue el encontrar a Alexa, con la cual hablo todo el tiempo.

—Alexa, pon «Cabalgata de las Valkirias» a todo volumen.

Al principio, por eso de los modales aprendidos a lo largo de la vida, se lo pedía por favor. Pero pronto me di cuenta de que hablaba con una máquina que no lo hacía como una deferencia para mí, sino que tan sólo recibía una orden. Una enorme decepción, yo que pensaba que tenía una relación buena con ella y que lo hacía por complacerme.

Wagner es el mejor para trapear, sin duda alguna.

Avanzo por el recibidor empezando por las escaleras y hacia fuera, y luego paso a la cocina y la sala. Dejo abierta la puerta del jardín para que se seque pronto y miro desde fuera mi obra, complacido.

Hacemos la cama entre los dos, con una técnica precisa y contundente. Imelda sería incapaz de dejarla deshecha, y yo me sumo a ella; eso le da un aire de limpieza y orden al alrededor y permite que nos sintamos en un ambiente limpio y seguro.

También los Rolling Stones me acompañan en las tareas domésticas. Son jefes y hacen, gracias a su maravillosa estridencia, que la casa se llene de vida.

Hemos descubierto una *app* telefónica que nos permite hacer el supermercado sin salir de casa. La tecnología al servicio de lo cotidiano. Menos mal.

Cada vez que llega, el repartidor toca el timbre y deja el pedido en la puerta; entonces recogemos las bolsas y las rociamos con desinfectante (que está cada vez más escaso y que cuidamos como si fuera oro molido). Lavamos la fruta y verdura y organizamos, como si en tiempos de guerra estuviéramos, la despensa para que no falte lo indispensable. Algo parecido al racionamiento.

Me gusta cocinar. Y lo hago todo el tiempo. Preparo cosas sencillas, pero de vez en cuando me suelto el pelo con una fabada, un cocido o alguno de los platos que me enseñó mi madre y que repito con regular éxito para sentir que no todo está perdido. Imelda también cocina, y lo hace de maravilla, siguiendo el recetario de su propia madre y me sorprende con algunos platos muy mexicanos que atesoro.

La comida es un acto solidario y cultural, me queda claro. No sólo se trata de alimentarse sino de compartir, sentir que en esa mesa están pasando la memoria, las herencias, las enseñanzas del pasado; hablamos mucho, pensamos mucho, recordamos mucho. Confiamos mucho en que esto pase lo más pronto posible y podamos volver a lo que éramos; pero también tenemos la certeza de que ya nada será igual, nunca.

Y sigo soñando, mucho. Casi todos los días. Y muchos de esos sueños tienen que ver con mi vida y con los libros que me han acompañado desde siempre.

Me han enviado al palo mayor. Me toca turno de vigía de por lo menos seis horas. Subo penosamente por la escalera de cuerda, interminable, y siento cómo los pies descalzos rozan la madera sin pulir. Es tal vez la tarea menos penosa de las que se realizan en un ballenero. De alguna manera tengo suerte. Armado con un potente catalejo recorro con la vista la inmensidad del océano. Babor, estribor, proa. Popa no, lo que queda atrás no importa.

Tengo catorce años y unas locas ganas de comerme al mundo. A la distancia, frente a mí, después de largo rato, me parece ver algo. Debo estar completamente seguro. Enfoco con cuidado. Uno, dos, tres potentes chorros de agua se elevan a unos trescientos metros. Entonces, con todas mis fuerzas grito:

—¡Ballena!

Y allá abajo, en la cubierta, los hombres como hormigas comienzan a moverse enloquecidamente, arrían velas, botan lanchas, lanzan el ancla, preparan los arpones. Si logran darle caza, seré recompensado.

Tengo catorce años, ya lo dije, y estoy en casa, en la colonia Condesa de la Ciudad de México, acostado en la sala, con el libro sobre la panza y los ojos cerrados. Me habían invitado a una fiesta, pero me quedé aquí, en compañía del fantástico señor Melville que me hace viajar sin moverme. Pero en realidad estoy dormido, en mi casa de Magdalena Contreras, tengo sesenta años y la pandemia está alrededor como un si fuera un monstruo.

Los lectores somos personas muy raras, lo confieso, sin una pizca de pena. Pero «raro» es bueno. No me ha costado mucho descubrirlo.

Prefiero otear el horizonte durante horas en busca del chorro de agua que ver bailar a otros porque nací con dos pies izquierdos, lo cual no impide que ahora mismo sea el mejor vigía ballenero del mundo, o por lo menos de mi barrio, que ya es mucho.

Tal vez el único de mi barrio, pero eso nunca se sabe.

Habrá otras fiestas y nuevas oportunidades de conocer gente nueva. Por lo pronto, agradezco que mi tío abuelo me haya acercado, como si de una pista enigmática se tratara, hasta el librero donde me esperaba, brillando como un faro, *Moby Dick* de Herman Melville, al que desde ese momento consideré mi amigo.

No soy el ser solitario que parece. Tengo muchos conocidos y un montón de compromisos sociales; tantos como puede tener un adolescente a los catorce. También tengo acné juvenil y unos tenis que huelen mal a kilómetros, será que no me los quito nunca, excepto para ir a la escuela.

Estoy enamorado de una chica de la que no diré su nombre pero que me trae de un ala. Sólo contaré que es un poco rubia.

Cada vez que la veo pasar, parece que flotara, y yo floto detrás. Pero no me hace caso. Soy «raro» y me junto con otros tan raros como yo mismo.

Desde que descubrimos la literatura por placer, la hemos dejado de sufrir como materia escolar. La biblioteca de mi casa se ha convertido en nuestro refugio y nuestra escuela alterna, donde nadie nos obliga a hacer tareas o reportes, donde no hay matones que te esperan a la salida para mostrar que son más fuertes que tú y quieren demostrarlo a puñetazos, donde la imaginación es ama y señora de nuestras vidas.

Esperen que les cuente a mis amigos este descubrimiento: *Moby Dick*. Ya veo la cola que se hará detrás de mí para leerlo. Tenemos un pacto. No se puede contar el final por ningún motivo ni develar partes importantes de la trama. Hasta que todos lo hayan leído, nos reunimos en esta misma sala y nos arrebatamos la palabra unos a otros durante horas para contar las maravillas que ha provocado la lectura.

Un día le dije a mi padre que quería ser lector, como oficio, y él me contestó que de eso no se podía vivir, pero que le parecía fantástico.

Me tuve que conformar con ser escritor, de lo cual tampoco se puede vivir holgadamente, pero que no lo cambiaría por todos los tesoros del mundo.

Está anocheciendo. Es viernes. Otros de mi grupo estarán ahora mismo sentados escuchando las canciones de moda y esperando, mientras se atiborran de sándwiches de paté, a tener el valor de levantarse para sacar a bailar a las chicas que, del otro lado, aguardan a algún valiente.

Yo, en cambio, me meto en la boca una galleta de soda, rancia, como se acostumbra en los balleneros, y puedo jurar que sabe a gloria. El aire del mar azota mi cara y el pelo que alguna vez tuve.

Si me preguntan qué es la felicidad, podría decir sin temor a equivocarme que es recorrer despacio las líneas del libro, vibrando, sintiendo, viendo el mundo deslumbrante que se abre ante mis ojos.

El capitán Ajab me grita enfurecido.

—¡Baja de una maldita vez!

Y yo sonrío. No tengo que bailar.

Es el sueño de un verano que nunca existió, pero que, si lo piensas, existe a todo color y en tu cabeza. Y alivia el encierro de la pandemia.

Extraño las ferias del libro. El contacto con los jóvenes lectores. Me pongo tristón. Ellos la deben estar pasando mucho peor que nosotros. Ellos que estaban listos para salir a su primera fiesta, dar su primer beso, tener su primera ida al cine con amigos. Fueron encerrados por sus padres para salvarles la vida. Nosotros, mal que bien, estamos acostumbrados a estar en casa, nos gusta estar en casa.

Para ellos escribí diez capítulos extras de *Persona normal*, que suceden en pandemia, recuperando a mis personajes sin respetar normas de tiempo ni de espacio, «Fin de los tiempos». Los comenzamos a subir cada tercer día a internet para que los jóvenes puedan leerlos gratuitamente, para que sean capaces, con la literatura, de salir un poco del encierro, que para eso sirve. Espero que les guste.

Escribo, dije, en la terracita, tengo un bebedero de colibríes a mi espalda, junto a las macetas, lleno de un líquido rojo y dulce que ellos, golosamente, vienen a libar todo el tiempo. Oigo sus zumbidos y más que distraerme me alegran enormemente.

Hemos destruido los mares, el cielo, los campos; la naturaleza está cobrándonos la afrenta.

Hay uno, de alas verdes y brillantes, que de vez en cuando se posa en la esquina de la mesa donde escribo y me mira un rato. Yo sonrío y dejo de teclear para no asustarlo. Cuenta una vieja leyenda mexica que los colibríes son las almas de los guerreros fallecidos en batalla y portadores de los buenos deseos, el amor y la suerte. Para mí es una suerte que me visiten todos los días porque me dan esperanza. Confío que así sea. Que contengan a todos los guerreros que han fallecido en esta batalla contra la peste y que traigan un augurio de buena suerte para los tiempos por venir.

Vivimos en Contreras, muy cerca de Los Dinamos, un bosque enorme que en algún momento se junta con el Ajusco, convirtiéndose en uno de los pulmones de la capital. Así que ardillas, mapaches, conejos, tlacuaches y cacomixtles andan cerca de aquí, buscando comida. Como les hemos dejado libres las calles, las han tomado; eran suyas antes de ser calles.

Y uno de ellos, un cacomixtle con una cola anillada y preciosa, decidió hacer su guarida en el techo de nuestra habitación; oímos sus pasitos por las noches buscando comida y lo he podido ver dos o tres veces cuando atardece. Es una joya.

Por supuesto, estamos rodeados de pájaros, pero curiosamente muy pocas palomas.

La existencia bulle a nuestro alrededor.

—¡Alexa, pon a Cat Stevens, por favor!

Mientras escribo me echo los dos o tres discos que aleatoriamente me pone mi ya amiga del alma.

«*It's a wild world*», dice Cat, y cada vez me parece que es más cierto.

Las reuniones de Zoom con amigos son cada vez más espaciadas, será que todos tenemos mucho que trapear y poco tiempo para vernos; pero en ellas se desgranan montones de recomendaciones de libros, películas y series de televisión. Estamos viendo cómo ocupar nuestro tiempo libre, que, con las tareas del hogar y el trabajo que no para, es cada vez menos frecuente.

Duermo bastante y muchas veces tengo pesadillas. Tendré que dejar de ver los noticiarios nocturnos que no hacen más contar cómo van aumentando las cifras del desastre, y que todos los días aparecen en una gráfica dramática que de forma exponencial muestra esto que nos está pasando.

Mis padres, que ya no están con nosotros, vivieron una revolución, una guerra civil y una mundial (la segunda) y sobrevivieron a todas ellas. Estoy convencido que de ésta también habrían salido airosos y, seguramente, con un ánimo indestructible, pues así eran. Los pienso mucho. Y pienso cómo reaccionarían ante ciertas circunstancias e imito su posible proceder. No hay falla.

Los días se pasan como agua, entre lo que hacemos para conservar la casa en pie y conservarnos en pie nosotros mismos. Casi ha pasado el verano entero. Imelda mantiene una calma estoica y benefactora que a mí me tranquiliza, y seguimos limpiando todo lo que entra a este espacio que se ha convertido en una suerte de laboratorio estéril.

Ya dijeron que el virus no se queda «pegado» en las cosas, pero ante la duda, insistimos y resistimos con las toallitas y desinfectantes que ya están en franco desabasto.

Sueño más, todos los días.

Estoy en una isla desierta. Soy un náufrago. He agotado todas las provisiones y no encuentro una fuente de agua potable. Estoy destinado a la muerte. El sol abrasador me agota y siento que estoy viviendo mis últimos momentos. De repente, como si de un milagro se tratara, aparecen entre las rocas vituallas, agua, machetes, elementos indispensables para la supervivencia.

Un suspiro de alivio sale de mi garganta...

Cierro los ojos y al abrirlos de nuevo, me encuentro dentro de la cápsula enviada a la luna por el inmenso cañón Columbia, acompañado por un par de miembros del Gun Club que han logrado este tan acariciado sueño en pleno siglo XIX. Todo se mueve enloquecidamente y avanzamos a una velocidad que ninguna mente humana hubiera sido capaz de concebir.

Miro por la ventanilla y veo las exuberantes selvas de la India; el caballero inglés que está a mi lado observa con impaciencia su reloj; sé a la perfección que se llama Phileas Fogg, que su ayudante responde al muy francés nombre de Passepartout y que están los dos haciendo una carrera contra el tiempo. Por una apuesta, intentan darle la vuelta al mundo en tan sólo ochenta días. ¡Eso es imposible!

Me miro los zapatos; el sudor cae de mi frente como si de una cascada se tratara. Levanto la cabeza y estoy en una inmensa caverna donde gemas preciosas relampaguean al contacto con el haz de luz de mi linterna. Estamos todos sofocados. El profesor Otto Lidenbrock, experto en mineralogía, nos guía hacia el centro de la tierra. No estoy seguro de que podamos vivir para contarlo.

Hay un agujero debajo de mí y me asomo...

Y lo que veo es la gran sabana africana, una manada de elefantes avanza hacia el río. Vamos en un globo aerostático que con suavidad se mueve al compás de los vientos. Esta idea de recorrer parte de África en un viaje de cinco semanas es el sueño de cualquier jovencito como yo mismo, que escucha atentamente las palabras del doctor Samuel Fergusson, sabio y explorador inglés que ha creado esta maravilla impulsada hacia las nubes por hidrógeno. De repente me mareo. Será la altura.

El doctor me pide que me recueste y me pone un pañuelo mojado en la frente. En segundos me quedo dormido.

Sin embargo, despierto de inmediato porque el metal helado rosa mi costado. Estoy en una litera. Salto de ella y observo admirado a mi alrededor, es una nave de algún tipo, reluciente e inmensa. Hay una escotilla cerrada fuertemente con remaches. Me asomo por ella. Hay al otro lado una profunda oscuridad. Salgo de la habitación y veo un largo pasillo que empiezo a recorrer. Encuentro en una de las puertas una placa metálica que dice Nautilus. Una voz a mi espalda me sobresalta:

—¡Bienvenido, muchacho, soy el capitán Nemo!

Estoy en el mítico submarino y en las profundidades del mar.

¡Qué diablos me sucede!

Ahora voy cabalgando en la estepa rusa. A mi lado Miguel Strogoff lleva las riendas con una sola mano; sé perfectamente que nos dirigimos hacia la corte del zar a entregar un mensaje importantísimo. A lo lejos se ve un palacio imperial. Me sujeto lo mejor que puedo ante el traqueteo de mi montura.

Cae la noche. Miro hacia arriba, a las estrellas. Al poco, veo en la vasta tierra que nos circunda a Mary y Robert, los hijos del capitán Grant, que lo buscan con desesperación en la Patagonia; hace frío y yo no tengo un abrigo. Me subo el cuello de mi saco marinero. Tengo la nariz congelada.

Amanece y el sol sale por el horizonte. Estamos en la playa, somos dieciséis náufragos, contándome. Todos jovencitos, la goleta Sloughi se ha ido a pique pero logramos llegar hasta esta isla a la que, muy pronto, uno de ellos bautizará como Chairman. Sé que me esperan dos años de vacaciones en su compañía. El sol entibia mi cuerpo. Me levanto de la cama y abro la ventana de la casa familiar en la colonia Roma. Tengo catorce años y me asomo. Afuera atardece, pasan pocos automóviles.

Tomo aire y grito con todas mis fuerzas:

—¡Gracias, don Julio Verne!

Y lo sigo gritando, aquí mismo, en Contreras, a mis sesenta. Toda la magia, la fascinación y las ilusiones de Verne me habitan todavía y lo celebro inmensamente.

Sin duda somos seres capaces de imaginar y de contar lo imaginado. Esto nos hace ser únicos como especie.

Y yo estoy viviendo la vida como si fuera una gran aventura a pesar de estar encerrado en una casa en el sur de la Ciudad de México.

Creo que la palabra clave en estos tiempos es incertidumbre. No saber qué va a pasar el mes siguiente, la semana siguiente, al día siguiente, la hora que viene.

Y tal vez otra de las palabras claves, en medio de todo esto, sea resignación. Debemos estar activos, pensantes, imaginantes, confiados en los avances científicos y en la proactividad de farmacéuticas, instituciones y gobiernos.

Todas las noches abrazo a Imelda y en mi cabeza invoco a mis santos laicos, escritores, aventureros, feministas, poetas, músicos, exploradores, químicos, matemáticos, biólogos, y les pido tiempo para poder hacer todas esas cosas que nos hacen falta: viajar a los lugares que sólo hemos visto en foto; ir a los conciertos que hemos soñado; conocer a esos que admiramos; escribir todo lo que todavía tenemos guardado en la cabeza. Ayudar a hacer un mundo un poco más justo.

Eso necesitamos: tiempo para que este desbarajuste se arregle y podamos vernos y abrazarnos y bailar todos juntos sin cubrebocas ni oliendo a desinfectante.

Y sé que la vida se abrirá paso, suceda lo que suceda, y que una vez más saldremos victoriosos.

Como dice Camus, «Un mal sueño que tiene que pasar».

Así sea.